新訳

ドリトル先生月から帰る

ヒュー・ロフティング
河合祥一郎＝訳

角川文庫
22968

君に――
希望に満ちた雌狩人、
屈強の泳ぎ手、
野と道と川の最良の友にして、
真の哲学者である、
コッカー・スパニエルの
なかでも最も美しい
君に、
この本を
捧げる

Doctor Dolittle's Return
by Hugh Lofting
1933

新訳　ドリトル先生月から帰る　目次

第一部

Doctor Dolittle's Return

この本に登場する人間と動物たち

ジョン・ドリトル先生 John Dolittle
動物と話せるお医者さんで、博物学者。
月に行ったまま音沙汰なし。

トミー・スタビンズ（ぼく） Thomas "Tommy" Stubbins
助手の少年。先生の月旅行にお供したが、
ひとりだけ地球に帰される。

ガブガブ Gub-Gub, the pig
食いしんぼうな子ブタのぼうや。
泣き虫であまえんぼう。

ジップ Jip, the dog
とんでもなく鼻がきくオス犬。
先生のおうちの番犬。

ポリネシア Polynesia, the parrot
月旅行にお供した、
物知りのおばあちゃんオウム。

チープサイド Cheapside, the London sparrow
ロンドン育ちの都会スズメ。
口が悪くてケンカっ早い。

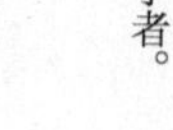

チーチー Chee-Chee, the monkey
月旅行にお供した、
アフリカ生まれのサル。

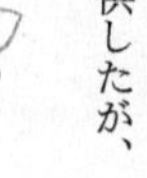

マシュー・マグ Matthew Mugg
ネコのエサ売りのおじさん。
先生とは古い付き合い。

イティ Itty, the cat
月のネコ。先生に、地球に
連れていって欲しいと願う。

バクチク Squib, the cocker spaniel
コッカー・スパニエル犬。
狩りが好きなお嬢様。

第一部

第一章　待ちに待って

ドリトル先生が月に行ってしまわれてから、一年以上たちました。そのあいだ、ぼくは先生の助手として、「湿原のほとりのパドルビー」にある先生の家の留守番をしていました。もちろん、ぼくのような子どもでは、あの偉大な先生の代わりは務まりません。いえ、先生の代わりが務まる人なんているはずがないんです。でも、ぼくは、できるだけのことをしました。

最初の数週間は、つらいものでした。みんな、ドリトル先生のことが心配で心配でたまらなかったからです。なにをしていても、先生がまだ月にいらっしゃることが気になって、「先生はどうしていらっしゃるだろう」と考えてしまうのです。おしゃべりをしていても、どんな話をしていても、ついつい、その質問ばかりしてしまいます。

とは言え、動物たちがいてくれなかったら、ぼくはどうしていたかわかりません。ああ、いとしいドリトル先生の動物たち！　しょっちゅうみんなをしかりつけながらも、いつもみんなのめんどうを見てくれる、よく気がつくアヒルの家政婦ダブダブ。

いつもけんかや、おもしろい話や、田舎の散歩や、熟睡が大好きな、勇敢で寛大な楽天的スポーツマンである犬のジップ。雪の上に針が落ちても聞きつける耳を持っていて、あっという間に計算ができてしまう無口で神秘的なフクロウのトートー。なにを考えているやら見当もつきませんが、トートーはどういうわけか、ものごとが起きる前に、魔法使いみたいに感じとってしまうのです。自分のことをとてもえらいとうぬぼれて、いつもこまったことになっている、なつかしいグズなブタのガブガブ。ガブガブは、しょっちゅうだれかかれかのつま先をふみつけていますが、みんなを大いに楽しませてくれます。とてもぎょうぎのよい、おしゃべりな白ネズミのホワイティは、きれい好きで、きちんとしていて、知りたがりで、一秒もむだなくあれこれに興味を持っておもしろがります。なんというすてきな家族でしょう！　鳥やけもののことばを話せない人には、この家族がどれほど思いやりがあって、たよりになるか、とてもわかってもらえないでしょう。

もちろん、この動物たちがとても経験豊かであったことを忘れてはいけません。人間といっしょに、これほどいろんなことを見聞きして、いろんな場所に行き、いろんなことをしたことのある動物たちが、ひとつ屋根の下に集まったことは、いまだかつてなかったと思います。こうしていっしょに暮らしてきたことで、動物たちは人間の気持ちがわかるようになったのです。ちょうどドリトル先生やぼくが、動物語を知っているおかげで、動物たちの気持ちや要望をわかってあげられるのと同じくらいに。先生を月においてきてしまったことで、ぼくがひどく情けない思いでいたことは――できるだけ、かくそうとしたのですが――動物たちはみんな気づいていて、ぼくをはげまそうとしてくれました。ダブダブは、ぼくのために「動物語上級コース」という学習コースを作ってくれました。くもっていたり月が出ていなかったりして、先生からの合図がないかと月を見張らなくてもよい夜があると、ダブダブはかならず家のだれかに言いつけて、ぼくの語学の先生をさせたのです。こうしてぼくは、ブタ語、フクロウ語、アヒル語、ネズミ語などをさびつかせないようにすることができたのみならず、今までより格段に進歩しました。それまで知らなかった、ちょっとしたことばのあやもわかるようになってきたのです。

ブタのガブガブ、フクロウのトートー、白ネズミのホワイティ、そのほかのドリトル家の動物たちは、ぼくの上達をとても得意に思ってくれました。この調子でつづければ、すぐに、史上最高の博物学者であるドリトル先生ぐらいじょうずにいろんな動物語を話せるようになると言ってくれたのです。もちろん、そんなことはありえないと思いましたが、それでも大いにはげみになりました。

先生がいらっしゃらないあの長い日々、ぼくらをいつも大いに元気づけてくれたのは、ロンドンっ子のスズメのチープサイドでした。大都会の雑踏と喧騒《けんそう》のなかで生まれ育ったチープサイドは、どんな不幸にあってもくじけることがありません。先生があぶない目にあっていらっしゃることは、ぼくらと同じように承知していたのですが、いつも物事の明るい面を見る性格だったのです。ずっとぼくらといっしょにいるわけではなくて、ときどきロンドンに「ひょいと顔を出して」（という言いかたをしていました）、聖ポール大聖堂や王立取引所《ロイヤル・エクスチェンジ》近くにならぶ馬車のそばで暮らしている妻のベッキーや、子どもたちや、いとこや、おばさんといった何百羽もの親戚《しんせき》に会いに行くのでした。

　チープサイドは、そうした親戚から、大都会のうわさ話をいろいろ聞いてきました。女王さまが風邪をめされたとか（チープサイドの姪《めい》っ子《こ》が、バッキンガム宮殿のよろい戸の裏に巣をかけていたのです）、農業会館では犬の品評会があったとか、首相が国会の開会時に階段をあがるとき自分のガウンをふんで、ころんで鼻を打ったとか、東インド会社の波止場に入った船にはシナ海で生けどりにした本物の海賊三人が乗っていた、とかいった話です。

　チープサイドが先生の家にやってくると、大さわぎになるので、すぐわかりました。ブタのガブガブか犬のジップが、「小さなロンドンっ子がやってきたぞ」と真っ先にお庭でさけぶのです。どんなに気落ちしているときでも、チープサイドはちょっとしたロンドンの下町のジョークをピーチクパーチク、チュンチュン、ケタケタと、まくしたてるものですから、二分としないうちに、だれもがどっと笑いころげるか、さもなければ、チープサイドが持ってきた知らせに一生懸命聞き入ってしまうのです。チープサイドは、ロンドンで最新のこっけいな流行歌をいつも歌ってくれました。きまじめな家政婦のダブダブが「とてもお下劣だわ」なんて言いながらも、みんなといっしょに笑ってしまうのをこらえきれずにいるのを、ぼくは見てしまいました。

それから、あのとってもへんなおじさん——ネコのエサ売りのマシュー・マグ——がいてくれたのも、なぐさめになりました。ぼくは先生の家からめったに外に出なかったので、人間に会いたくなってさびしく感じる日もあり、そんなときマシューがふらりとお茶を飲みに立ち寄ってくれると、とってもうれしかったのです。ぼくらはすわって、むかし話に花を咲かせ、先生のことや、ぼくらの冒険の話をして、今ごろ先生は月でなにをなさっているのだろうなんて考えたのでした。

やらなければならない仕事がたくさんあっていそがしくしていたのは、ぼくにとってよいことだったと思います。家の管理をしたり、お庭の手入れをしたり、動物たちの世話をするだけではありません。先生の道具類——顕微鏡や、先生が実験のときにお使いになる複雑な実験器具——の手入れをしなければなりませんでした。ほこりをはたいたり、油をさしたり、きちんと整理したりするのです。

それから、ノートが、どの棚にも、わんさかありました。とても大切なものです。

ドリトル先生ご自身は、これらのノートをあまり整理整頓《せいとん》せず、注意深くあつかっていませんでしたが、なにがあろうと、どの一ページたりとも、なくすわけにはいかないものです。先生は、よくこうおっしゃっていました。「スタビンズ君、万一この家が火事になったりしたら、いいかね、動物たちとノートを真っ先に運びだしてくれ。家のことは、そのあとだ。」

ですから、ぼくは、ノートについては責任を強く感じていました。ノートを安全に管理するのは、ぼくの一番の義務だと思ったのです。火事になったらたいへんなので、この家からすっかり移すことにしました。

ぼくは、家の外に、地下の書庫のようなものをつくりました。ジップとガブガブに助けてもらって、お庭のすみにある、動物園近くの小さな丘の横っ腹に穴をあけたのです。

そこはすてきな場所でした。広い芝生が、六メートルほどゆったりともりあがっていて、その上に美しいヤナギの木立があり、たおやかにしだれた枝が芝生をなでていました。先生の広いお庭のなかでも、ぼくが特に好きな場所です。ぼくらはそこに広い部屋ぐらいの大きさの穴をほってから、石や木材を運びこみ、上の土がくずれないようにまわりをかためました。床に石をしきつめて、屋根には六十センチくらい土をかぶせ、正面には、ちょうつがいで開閉するドアをつけました。それから屋根にも横にも芝を植えて、ほかの芝生と同じように見えるようにしました。入り口以外は見えないようにしたのです。これで、ぜったいに火事になりません。

この部屋に、ノートをぜんぶ運びこみました。ぼくが先生の助手として旅行や実験などについて書きためたノートぜんぶです。これまでぼくがドリトル先生について書いた数々の本は、これらのノートがもとになっているのですが、一般読者が興味を持たないような純粋に科学的なことがらなど、本にしていないところが、もちろんまだまだありました。

ガブガブはこれを「地下のドリトル書庫」と呼び、それを建てるお手伝いをしたことをとても誇りに思いました。それだけでなく、内側の壁に山と積みあげられたノートのなかに、自分の名前が何度も出てくるのを大いにじまんしました。冬の夜には、動物たちは、「台所の大きな暖炉のそばで先生がなさったように、お話を読み聞かせてほしい」と、ぼくにねだりました。そして、ガブガブはいつも自分のことが出てくるところを読んでほしがったのでした。特にパドルビー・パントマイムの時代に、自分がやってみせた演技についての話を聞くのが好きでした。しかし、ほかの動物たちは、そんな話ばかり聞かされてはたまったものでありません。

「ああ、もう、ガブガブ！」ジップは、言いました。「年がら年じゅう自分のことばかり聞いても、あきちまうだろ。」

「どうして？」と、ガブガブ。「ぼく、歴史上一番重要なブタでしょ？」

「へえんだ！」ジップは、いやになって、うなりました。「生ごみのなかで一番重要なんだろ！」

しかし、ある日、ぼくは先生の家の総責任者として、とうとうこまった事態におちいってしまいました。動物の家族と自分とを養うにはお金が要りますが、月から帰ってまもなく、ぼくは持っていたわずかなお金を使い切ってしまったのです。

もちろん、自給自足できる食べ物はたくさんありました。野ガモたち（ダブダブのお友だち）は卵をくれましたし、お庭は動物たちに助けてもらってとてもよい状態になっていました。先生に言いつけられたとおり、リンゴの木のむだな枝を切りましたし、台所の畑にはいつも野菜がきちんと育っていました。

野菜作りに一番興味を持ったのは、ブタのガブガブでした。スコップでなく鼻で土をほり返してしまうのは、ちょっとこまりものでしたが、野菜が実ってくるようすを見守る真剣さときたら庭師顔負けでした。「トミー、セロリの根っこに、ネキリムシがついてるよ」とか、「トミー、キャベツがイモムシでだめになってる——それから、新しいほうれん草は、水やりが必要だよ」などと、よく教えてくれたのです。

作った野菜は、おとなりの農家の人に少しわけてあげて、代わりに牛乳をもらったりもしました。牛乳からチーズを作るやりかたを学ぶと、白ネズミに大好物のチーズを食べさせてあげられるようになりました。

けれども、ロウソクやマッチや石けんといった日用品を手に入れるには、やはり現金が必要でした。それに、肉食動物でなくても、お庭の野菜だけでは養えない動物もいました。たとえば、先生が特に目をかけるようにとおっしゃった足の悪い年寄りの馬が馬小屋にいましたが、馬小屋にあった干し草もカラス麦もぜんぶ食べつくしてしまっていたのです。芝生に生えている草で馬が食べられるものは、とっくに根こそぎ食いちぎられていました。馬はカラス麦がなければ元気が出ません。そう、カラス麦でなければだめなのです。とにかく、なんとかしてお金をかせがなければなりませんでした。でも、どうやって？

第二章　マシューの忠告

ぼくは、お庭に出て考えました。先生の大きなお庭は、どこよりも考えごとをしやすかったのです。新しい書庫のほうへぶらぶらと歩いていって、それから動物園へ入りました。モモの木がしげる高い塀でかこまれたこの静かな場所は、かつてはずいぶんにぎやかなところでした。ここにネズミ・クラブや雑種犬ホームや、そのほか動物が楽しくすごせる施設がいろいろあったのです。今はすっかりさびれてしまい、あの足の悪い年寄り馬が食べつくして短くしてしまった芝生の上を、気の早いツバメたちが数羽飛ぶばかりです。

とてもさみしく感じました。先生がいないと、なにもかもちがいます。ぼくは、どうしたらいいものかと考えながら、行ったり来たりしました。お庭の木戸のかけ金がカチッと音をたてました。ふり返ってみると、そこに立っていたのは、ネコのエサ売りのマシュー・マグでした。

「やあ、マシューおじさん！」ぼくは、さけびました。「いらっしゃい。」

「おや、トミー！」と、マシュー。「深刻な顔をしてるね。なにかあったのかい？」

「うん」と、ぼく。「お金をかせぐために、ぼく、仕事につかなきゃいけないんだ。おうちを維持するのに、お金が要るの。」

「で、どんな仕事をしたいんだい？」

「なんでもいいよ、マシューおじさん。やらせてもらえるなら。」

「おとうさんには相談したのかい？　おとうさんの仕事を手伝って、おこづかいをもらったらどうだい？」

マシューは、ぼくのそばを行ったり来たり歩きだしました。

「うん、話してみたよ。でも、だめなんだ。おとうさんの仕事はひとりでできるから、手伝いなんか要らないんだって。それに、ぼく、靴を作れないしね。」

「ふうむ！」と、マシュー。「はて、どうしたもんかなあ。」

「あのね」と、ぼく。「このおうちでできる仕事じゃなきゃだめなんだ。お庭やらなにやら、いろいろめんどうを見なきゃいけないものがいっぱいあるからね。それに、先生が帰っていらっしゃるもの。先生がお帰りのときに、ぼくはぜったい、おうちをあけてるわけにはいかないんだ。マシューおじさん、ぼくらの月旅行のこと、だれにも話してないよね？」

マシューは、パイプで靴のかかとをコンコンとたたきながら言いました。

「ひとことも言っちゃいねえよ、トミー、ひとこともね。」

「よかった、マシューおじさん。ぜったい、ないしょだよ。先生がお帰りになったら、どんなおすがたになっていらっしゃるか見当もつかないんだからね。新聞記者にうろつかれて、記事を書きたてられるのは、ごめんだよ。」

「ああ」と、マシュー。「そうなったら、世界じゅうの連中が、この門の前でわめきたてるだろうね。だれだって、月から帰っていらした先生を見たいもんな。」

「ほんとだよ、マシューおじさん。先生がお帰りになったら、なにが必要になるかわからないんだ。だからこそ、ぼくは仕事をしなきゃいけない。病気になっていらっしゃるかもしれないし、特別な食べ物が必要かもしれない。それなのに、おうちには一文もないんだよ。」

「わかってる、わかってる」と、マシューは首をふりました。「金、金、金だ。いまいましい！――って、先生もおっしゃってたね。だけど、金がねえとどうにもならん。でも、いいかい、トミー、仕事なんてかんたんに見つかるさ。だって、おまえさん、教育を受けてるだろ？」

「まあ、それなりに教育を受けたけど。でも、こんなパドルビーみたいなところで、それがなんの役に立つって言うんだい？　ここを出てロンドンにでも行けたら、話はちがうだろうけど。」

「まあ、聞けよ」と、マシューは言いました。「おまえさんたち子どもは、ひともうけしようっていうと、ロンドンに行かなきゃいけねえって考えちまうな。まるで、ネコを連れてロンドンに出て、大成功してロンドン市長にまでなったディック・ウィッティントン少年みてえによ。だけど勉強ができるなら、このパドルビーでだって暮らしていけるぜ。おまえさんは読み書きと計算ができる。だったら、パドルビー銀行の事務員とか秘書とか、そんなのになりゃいいんじゃねえか？」

「でもね、マシューおじさん」と、ぼくはさけびました。「わからない？　そんなことしたら、日が暮れるまで、町で仕事をしなくちゃならなくなる。冬は、すぐ日が落ちるからね。だけど、ほら、先生は月を見張っているようにって、おっしゃったんだよ。先生が帰ってくる合図を見のがさないようにって。もちろん動物たちと交代して、のろしの合図を見張ることもできるけど、ぼくは、たとえ眠っていようとすぐに呼び出してもらえるように、おうちにいたいんだ。もし――そのう――もし――」

なぜ最後まで言えずに、ことばがとちゅうでとぎれてしまったのか、よくわかりません。でも、ぼくの声はしどろもどろで、どぎまぎして、裏がえっていたにちがいないと思います。なにしろ、マシューはとつぜん、パイプに葉をつめるのをやめて顔をあげて言ったのです。

「トミー、おまえ、まさか心配しちゃあいねえよな？――つまり、先生が帰ってくるってことについてさ。先生は、ぜったいお帰りになるって思ってんだろ?」

「そりゃ、そりさ」と、ぼくは言いました。「たぶん、ね。」

「たぶんだって!」マシューは、さけびました。「もちろん、お帰りになるさ、トミー! ドリトル先生は、なにがあったって、まちがいの起こらねえ人だ。ちゃんとお帰りになる。心配するなって。」

「だけど、月の男が帰らせてくれなかったら?」

「先生がお帰りになろうっていう気になったら、月の男なんかに先生を止めるこたぁできねえよ。」

「うん、だけど――あのう――マシューおじさん。先生には、お帰りになる気があるのかなぁって、ときどき思うんだ。」

マシューのまゆは、今までになく、つりあがりました。

「お帰りになる気があるかだと!」マシューは息をのみました。「どういうことだ?」

「だって」と、ぼくは言いました。「先生は、ほかの人とはちがうでしょ。つまり、先生がなにをなさるかなんて、わからないんだ。月では、とってもふしぎなことがあった。それに、先生が月へ行かれてから、もう一年になる。みんなには言っていないけど、この数週間、ひょっとしたら先生は月にずっといることにしたんじゃないかって気がしてきているんだ。」

「おい、なんてことを考えるんだ、トミー！」と、マシュー。「なんだって先生が、そんなことをなさるね？　おまえさんの話を聞いたかぎりじゃ、月なんてちっとも楽しいところに思えなかったぜ。」

「いやな場所でもなかったんだよ、マシューおじさん。最初はふしぎで、気持ち悪いと思ったけど、慣れてくると――ほんと、いやな場所じゃなかったんだ。ものすごくさみしいところだけど、先生もぼくも、あんなおだやかな場所は見たことないよ。」

「そうかもしれねえが、ジョン・ドリトル先生ほどいそがしい人が、この地球でやりたいことをほったらかして、月にいっちまうなんて言うわけじゃねえだろうな、トミー。ただ、平和で静かだってだけで？」

「先生なら、やりかねないよ、マシューおじさん。」ぼくは、悲しい気持ちで言いました。「先生とおわかれしてから、よく思い出すんだけれど、ぼくらが初めて月の議会のことを〝ささやくつる草〟から聞いたとき、先生はこうおっしゃったんだ。『地球では、食うか食われるかだ。いつだって争い、争いばかりだ！　ところが、この月では、なにもかもうまくいっている。生きかたが統制され、バランスがとれている。草木は相手を押しのけるほど広がってはならない。鳥は、ハチなどの虫を食べる代わりに、植物のよぶんな種を食べつくして、植物が広がりすぎないようにしている』って。つまりね、マシューおじさん、月の巨大な議会は、すべてを計画し、監督するから、ほぼ完璧《かんぺき》に平和な世界ができるんだよ。それが、ドリトル先生のような人にとって、どんなにすてきなことか、わかるでしょ。ぼくの言ってること、わかるよね？」

「まあ、わかるさ、ちっとはね。」マシューは、ぶつぶつ言いました。「それで？」

「ぼくが心配しているのは、こういうことだよ。クモザル島のときにも同じ問題があったんだ。お金とかそんなものを使わずに、とても特別なやりかたで先住民たちに戦争をやめさせて、文明的な生活を送らせるというすばらしい仕事をしていることに自分でお気づきになると、先生はそこに住みたくなっちゃったわけさ。『この島は、私なしではやっていけない』なんておっしゃって――『パドルビーやほかのどんなところでしてきた仕事も、クモザル島での仕事とは比べものにならん』とまでおっしゃったんだよ。バンポ王子と、島の博物学者ロング・アローと、ぼくの三人がかりで、先生に島を去りましょうとお願いした。だけど、ぼくのことがなかったら、先生は決してあの島をはなれたりなさらなかったと思う。先生は、ぼくを両親のもとへ連れ帰らなければならないとお感じになったんだ。だから、ぼくがもし今、先生といっしょに月にいたら、同じ理由できっと先生は帰っていらしたと思う。でも、ぼくが月の男にさらわれて、巨大蛾に乗せられて帰されてしまった以上、先生はもうぼくの心配をしなくてもよくなった。つまり、いたいだけ月にいられるようになったってことさ――地球にいるよりも月にいるほうが、よいお仕事ができるとお考えならね。これで、わかった?」

「ああ。でも、まだわからねえのは、あんなところで、先生になにか意味のあることができるのかってことだ。」

「月の男のめんどうを見るんだよ、マシューおじさん。先生はよくおっしゃっていたけど、月でたったひとりの人間であり、月の生き物の議会の議長であるオウソー・ブラッジは、歴史上最も偉大な人間なんだ。頭のかたい人や物がわかっていない子どもに言わせれば、知識がないということになるかもしれないけど、石器時代の人なんだからしかたない。でも、オウソーの頭脳が、月の議会やその仕事を考えだしたんだ。そしてオウソーはそれをまとめあげ、きちんと機能するようにした。オウソーの大きな問題は、前にも言ったけど、リウマチだ。先生は、ぼくにおっしゃったよ、『スタビンズ君、オウソー・ブラッジに万一なにかあったら、議会はおしまいだ。議会がおしまいということは、これまできずきあげてきたしあわせで平和な生活が崩壊してしまうということだ』って。」

マシューは、顔をしかめました。

「でも、やっぱり、想像できねえな、トミー。月の植物や虫や鳥とかのためだけに、この地球で先生がいろいろなさってきたことをすっかりほうりだしちまうなんて。それに、先生がお生まれになったのは、この地球なんだから。」

「そりゃあ、先生が考えもなしに、地球にいるぼくらのことを忘れてしまうなんてことはないさ。でも、先生はいつも他人のことばかりお考えになるじゃない？　まさに、そこなんだよ。ふつうの人ならまず自分のことを考え、自分のふるさとのことを考え、自分が楽になれるようにって思うでしょ。だから、できるだけ早く地球に帰って、帰ってきたら自分がすごい冒険をしたってじまんしつづけるでしょ。だけど、ドリトル先生は、そうじゃない。月の男に対して医者としてなにかしてやる必要があるとお考えになれば、いつまでだってそこにいらっしゃるんだ。それに、先生はもう何年もずいぶんと人間に失望なさってきたしね。人間が、おろかにも動物たちに対してひどいあつかいをしてきたから。それに、もうひとつある。月では生き物がものすごく長生きするってわかったんだ。話ができる植物が教えてくれたんだけど、その植物たちはもう数千年も生きているんだって。ハチや鳥もそうなんだって。月の男の年齢はあまりにもすごくて、先生だって計算できないほどなんだよ。」

「へえ！」マシューは、考えこみながら言いました。「ふしぎなとこだな、月ってのは。」

「先生は、永遠の命についてお考えになっているんじゃないかなって、ぼく、ときどき思うんだ。」

「そりゃ、どういう意味だい、トミー？——いつまでも生きつづけるってことかい？」

「うん。月の男は、ひょっとするとドリトル先生ご自身も、いつまでも生きるかもしれない。月の野菜を食べてるとそうなるんだ。なにひとつ、死なない世界だよ！　たぶん先生は、それをお考えなんだ。何千年も生きてきた月の男が今になって弱ってきているのだとしたら、そして月の男をいつまでも生きつづけさせるためには、先生の科学や医学が必要だと先生がお考えになっているとしたら、ぼくは心配だよ、マシューおじさん、すごく心配だ、先生は月にいたいとお思いになるんじゃないかなあって。」

「まあ、まあ、トミー」と、マシュー。「おれが思うに、先生が永遠の命の秘密を発見なさったら、そいつをこの地球に持って帰って、ここの人たちに試してみようってお考えになりそうなもんじゃねえか。いいかい、そのうち、星のかがやく夜に、先生はおまえさんの上へどしんとお着きになるよ。月なみならぬ月の考えでいっぱいになってね。そいつをあわれなイギリス人に試してみようってわけだ。まあ、見てなって。」

「そうだといいね、マシューおじさん。」ぼくは言いました。

「もちろん、そうさ、トミー」と、マシュー。「先生がこれっきりなんてことは、ありえねえ。たとえ、先生のまわりに帰りましょうってすすめる人間がいねえとしても、オウムのポリネシアを忘れちゃいけねえ。サルのチーチーだっていっしょだ。あいつらは、ちょいとしたもんだぜ。なあに、あのオウムにかかっちゃ、英国議会の上院だって説きふせられちまうぜ！　先生は帰ってくるって。」

「でも、マシューおじさん、先生がいなくなってから、まる一年にもなるんだよ。」

「まあ、月の春や夏がどんなもんか、ごらんになりたかったんじゃねえのかい。」

「そう言えば、月の季節の変化をごらんになりたいとか、おっしゃってた。」

「ほうら、見ろ！」マシューは、勝ちほこって、肩をすくめるように両手を上むきに広げてみせました。「先生は、月で春夏秋冬の十二か月の観察をなさったんだ。もう今にも帰っていらっしゃるぜ。見てな。元気を出せ、若いの。しょげるなよ。さあ、おまえさんの考えてた例の仕事の話にもどろうじゃねえか。」

「うん、マシューおじさん。話がそれちゃったね。なんか暗い話をしちゃってごめんね。でも、すごく心配なんだよ。」

「そりゃあ、あたりまえさ、トミー――あれやこれやめんどうを見なきゃならんからな。むりもねえ、むりもねえよ！　ところで、さっき言ってたな、家でできる仕事をなんかやってみたいって。月の観察もつづけられるようにって？」

「そうだよ、マシューおじさん。」

「うーん！」マシューはうなりました。「そうさなあ……。あ、そうだ！　おれがネコや犬のエサを仕入れてる肉屋があるだろ？」

「ああ、あの小さなボタンみたいな鼻をした、まんまるに太ったおじさんだね？」

「そうそう。シンプソンのおやじだ。なあ、いいかい、シンプソンは、算数ができねえんだ。いつも帳簿をつけまちがえて、まちがった請求書を人に送りつけて、いつだってお客といざこざがたえない。やっこさん、かなり気にしていてね。奥さんが代わりに計算すりゃよさそうなもんだが、やっこさんは、いやがるんだよ。ろくに計算もできねえなんて認めたくねえってわけだ。そこで、たぶんうまく話をつけてこられるんじゃねえかと思うんだが、週二度おれがおまえさんのところへ帳簿を持ってくるから、そしたらおまえさんが計算をきっちり直して、やっこさんの代わりにちゃんとした請求書を書いてやるっていうのは、どうだ？」

「うわあ、マシューおじさん！」ぼくは、さけびました。「そうしてもらえたら、すてきだよ！」

「そんじゃあ、トミー」と、マシュー。「やってみるよ。明日の朝、シンプソンとこへ行って、ちょいと話してくるから、あとで結果を知らせてやるよ。さあて、もう行かなくちゃ。心配すんなよ、トミー。なにもかもうまくいくって。」

第三章　チープサイドがやってきた

マシュー・マグは、とてもうまくやってくれました。肉屋のオウバダイア・シンプソンさんは、自分の代わりにないしょで帳簿をつけてくれる人がいると聞いて大よろこびでした。マシュー・マグは、ぼくに大きな新品の「台帳」と呼ばれるものを二冊持ってきてくれました。表紙に金文字で「精肉店オウバダイア・シンプソン・アンド・サンズ――湿原のほとりのパドルビー」と記され、なかになにも書かれていない赤い分厚い帳面でした。この帳面といっしょに、マシューは週に二回、お客さんの名前と売ったお肉の量が書かれたあぶらじみた紙切れを封筒にいっぱい持ってきました。その文字はきたなくて、なんて書いてあるのか、ほとんどわからないうえ、お客さんの名前のつづりがめちゃくちゃで、ひとまとまりの伝票のなかでも、てんでんばらばらのつづりかたになっていました。でも、マシューに名前の正しいつづりを調べてきてもらってからは、ぼくは例の大きなりっぱな赤い帳面に、お得意さんの名前をぜんぶ書きこみました。太字のまるっこい字体を使って、とてもかっこよく書けたと思います。実は、ドリトル先生の筆跡を子どもながらにまねたものでしたが、かわいそうなシンプソンさんのミミズがのたくったようなひどい字とくらべると、ずいぶんすっきりとした、おとなっぽい事務的な文字のように思えました。

肉屋のシンプソンさんは、ぼくの仕事をよろこんでくれました。あとで聞いた話では、肉屋さんは、あのまるい太字で帳面つけをしているのは自分であり、ある教授から算数を特別に教えてもらったのだと家族に話したそうです！

肉屋さんは、週に三シリング六ペンスをぼくに払ってくれました。大金ではありませんが、当時は同じ金額で今よりもずっと多くのものが買えたのです。倹約すれば、家や動物たちのために必要なものを買えましたし、まさかのときのために少し貯金することだってできました。そして、あとでお話しするように、貯金しておいてよかったのでした。

　春は夏に変わろうとしており、また日が長くなってきていました。ある日の夕方、お茶を飲みに腰をおろしたとき、日暮れにはまだ間があって、あたりに日差しが残っていたにもかかわらず、空には美しく青白い満月がかかっていました。動物たちは、台所のテーブルのまわりに集まっていました。

「今晩、月を見張る番はだれだい、トミー？」ジップが、窓から空を見あげてたずねました。

「トートーだよ」と、ぼく。「真夜中までね。それから、ぼくの番だよ、ジップ。」

「なあ、トミー」と、犬のジップは言いました。「あの西のほうに雲のかたまりが見えるぞ。先生がのろしをあげようってときに、月に雲がかかったら、どうする？」

「ここから月がはっきり見えるくらい、月からは地球がはっきり見えるんだ」と、ぼく。「地球のほうがずっと大きく見えるけどね。地球では月の光は弱いけど、月では地球はずっと明るく見えるって話したでしょ。月から見て地球の空に雲があるとわかれば、先生はそれがなくなるまで合図を出すのをお待ちになるさ。」

「うん、だけど、もし」と、ジップ。「月の男にわからないように、こっそり合図を出そうとしているなら、雲のせいでチャンスを逃して、二度と合図が出せないかもしれないぜ。」

「あのね、ジップ。」ぼくは、答えました。「オウソー・ブラッジに気づかれないように、月をぬけだそうなんて、先生にだって――だれにだって――できないんだよ。」

「ちょのこわい年《とち》寄りの月《ちゅき》の男にちゅいてトミーが話《はな》ちてくれたことによると、」白ネズミのホワイティがチューチューと言いました。「月《ちゅき》の男に許ちてもらうだけでない、月《ちゅき》の男に助《たちゅ》けてもらわないと、ドリトル先生《ちぇんちぇい》は帰ってこられないんじゃないの。ちょうだよね、トミー？」

「まあ――そう、それはまさにそのとおりだ」と、ぼくは答えました。「ぼくが話したあの特別な木をそれなりに集めるのだって、ひと苦労なんだ。ここから見えるぐらい大きな爆発のけむりを出すには、ほんとの山ができるくらい木を集めなきゃだめだからね。」

「トミーをここに連れてきたあの巨大蛾に乗る以外に、」と、ジップ。「先生が帰ってくる方法はないのか？」

「うん、ジップ」と、ぼく。「ぼくが知っている方法はそれだけだ。だけど、ぼくが月にいたのは、ほんの短いあいだだったからね。地球から見えない月の裏側へは、ちょっと探検しただけで、ぼくが帰るまでにぜんぶ探検できたわけじゃないんだ。あれから先生は、飛ぶ虫とか、鳥とか、ぼくが見たこともないような新しい動物を発見なさったかもしれない。そういう動物が助けてくれるかもしれないよ。」

「だけどさ、」と、ガブガブ。「月の動物も植物もみんな、議長のオウソー・ブラッジの言うことを聞くって言ってなかった？　そしたら、そういう生き物が先生を手伝ってくれるはず――」

「もう、おだまり！」ダブダブがぴしゃりと言いました。「終わりのない質問はたくさんよ。先生は、先生のお決めになったときに、先生なりのやりかたで、お帰りになります。」

家政婦のダブダブが口をはさんでくれて助かりました。もう何か月も、先生はいったい月からお帰りになるのかと、ぼくは、延々と質問ぜめにあっていたのです。ダブダブはそのおかあさんのような、かしこい勘を働かせて、ぼくがどんなに元気そうなふりをしていても、月日がたつにつれて心がどんどん落ちこんでいるとわかってくれたのです。でも、ダブダブはかくしていましたが、先生の身の安全についてだれよりも心配していたのは、ほかならぬダブダブでした。最近ダブダブがこっそり先生のお部屋をそうじしたり、先生の服にブラシをかけたり、ひげそり道具を整理したりしながら、目に涙を浮かべているのを、ぼくは何度も見ていました。何年もあとになって、ダブダブがぼくに打ち明けてくれたところでは、十か月がたったとき、もう二度と先生にはお会いできないものとすっかりあきらめていたそうです。

「うん、でもわからないのは、」と白ネズミ。「どうやって――」

「あんたには、わからないことが、山ほどあるでしょうよ」と、ダブダブがさえぎりました。「だれか、熱いトーストがほしいひと、いる？」

「はあい！」と、ガブガブ。

ぼくは、暖炉からトーストをたくさん載せた大皿をとって、テーブルの上におきました。それから、ぼくらはしばらくなにも言わずに、もぐもぐと食べ、お茶を飲みました。

「ガブガブ、なにを考えてるの？」やがて、白ネズミがたずねました。

「あのね、エデンの園の台所の畑のこと。」ガブガブは、口をもぐもぐさせながら、聖書にある天国の話をしはじめました。

「エデンの園《ちょの》の台所の畑だって！　ティー、ヒー、ヒー！」白ネズミが、笑いました。

「なんてこと、考えてんだろ！」

「だって、エデンの園には、リンゴがあったんでしょ？」と、ガブガブ。「果樹園があるなら、台所の畑もあったはずだよ。聖書にもっとくわしく書いてあったらよかったのに。そしたら、ぼくの『食べ物百科事典』に、ちゃんと書いておけたのになあ。」

「ちょれ、なんていう題にちゅるの？」白ネズミは笑って聞きました。「聖書《ちぇいちょ》の食べ物の章《ちょう》とか？」

「わかんない」と、ガブガブは大まじめで答えました。「でもねえ、ぼく、聖書の『創世記』を食べる家族とむかし会ったことがあるんだよ。」

「へえ！」白ネズミはさけびました。「『創世記《ちょうちぇいき》』を食べるって！」

「うん」と、ガブガブ。「あ、でも、『創世記』じゃなくてソーセージだったかな。とにかく、みんなソーセージ食べてたよ、子どもたちも、両親も、おじいさんまで。それにしても、アダムとイブはリンゴのほかになにを食べていたのか知りたいなあ。」

「ちぇ、そんなこたあ、どうだっていいじゃねえか！」ジップがため息をつきました。「てめえのずんぐり頭で思いついたものを食べてたことにしとけよ。だれにも、わかりゃしないんだから。エデンになんか行ったやつはいないんだ。」

『『天国の野菜《やちゃい》』っていう題は、どう？」と、白ネズミは絹のようにすべすべしたひげから、パンくずをていねいに払い落としながら言いました。

「うん、それ、考えてた」と、ガブガブ。「だって、野菜なしの天国なんて、ありえないよね？」

「野菜なしの天国は、ただのあたりまえの天国さ。」ジップが、ため息をついて言いました。

「シッ！」と、ダブダブ。「なんの音？」

「あ、チープチャイドだ！　ほら！」白ネズミが、さけびました。「窓のところ。」見あげると、そこには、短いくちばしでガラスをつついているロンドンっ子のスズメがいました。ぼくは走っていって窓を押し開けました。チープサイドは、なかへ飛びこんできました。

「ヤアヤア、おれだぜ、みんな！」チープサイドは、チュンチュンと鳴きました。「よう、なつかしいな、ひさしぶり！　え、お茶の時間かよ。いいねぇ。ちょうどいいときに来たな。おれはいつだってお茶の時間に間に合うように来ることにしてるんだ。」チープサイドは、テーブルの上へ飛んでいって、ぼくのトーストをつつきました。

「それで」と、チープサイド。「パドルビーで、なんか変わったことはあるかい？」

「あんまりないよ、チープサイド」と、ぼくは言いました。「ぼくは、おこづかいかせぎにちょっとした仕事をはじめて、みんなが暮らしていけるだけのお金をかせげるようになったけどね。でも、ぼくらは、君こそなにかニュースを持ってきてくれるんじゃないかっていつも期待しているんだよ。ベッキーはどう？」

「ああ、女房かい」と、チープサイド。「元気にしてるよ。むかしから言うだろ、ばかは風邪をひかねえって。ハ、ハ、ハ！　おれたちゃ、ちょうど新しい春の巣作りにいそがしくしてるとこなんだ。そう、いつものところで。聖ポール大聖堂の南側の聖エドマンド像の左耳んなかでね。だけど、今度、大聖堂の担当に新しい建築家が来てね、そいつが最初になにやったと思う？　大聖堂じゅうの聖人の像を洗えって命令を出しやがったんだ！　ほんと。罰あたりめってなもんよ。おれたちスズメにゃなんの権利もねえって言うのか？　こちとらの巣をきたねえ水でめちゃくちゃにしやがって！　おれとベッキーは、聖エドマンドの左耳に巣をかけてもう六年になるってえのに、しかたがねえ、この春はイングランド銀行へ引っ越さなきゃなるめえってんで、さっさと引っ越したんだが、あの石屋のやろうどもが水をかけたりモップをかけたりするのをようやっと終えてくれたもんだから、おれたちゃ古巣の大聖堂にもどってきた。あと一年はあそこにいるぜ。で、センセから、なんか言ってきたかい？」

　みんな、しんとなりました。

「いや、チープサイド。」ぼくは、とうとう言いました。「まだ合図はないよ。でもね
え、ロンドンのニュースはないの？」
「そうさな」と、チープサイド。「みんな、月食の話で、もちきりだ。」
「えっ、月を食べるの？」と、ガブガブ。
「月食っていうのはね、ガブガブ」と、ぼくは言いました。「地球が太陽と月のあいだ
の、ちょうどまんなかに入りこむときに起こるんだ。そうなると、地球の影が月にか
かって、地球から月が見えなくなるんだよ。月食は、いつ起こるの、チープサイド？」
「今晩さ、トミー」と、スズメ。「月食なんて、もう何年もなかっただろ。ひさしぶ
りだぜ。ロンドンじゅうが望遠鏡だのオペラグラスだの取り出して、見る準備をして
るよ。だから、今晩ここに来たのさ。『ベッキー、今晩、パドルビーまでひとっ飛び
行ってくらあ』って、おれはベッキーに言ったんだ。『どうして？』って、ベッキー
は言う。『巣作りはどうなるの？　子どもたちのこと、どうでもいいって言うの？』
って言いやがる。『とんでもねえ』って、おれは言ってやった。『そうじゃねえよ、お
まえ。だけど、こんな大家族になっちまうと、そんないちいち……いやなに、新鮮味
がちょいとうすれちまうのさ。今晩、月食なんだよ、ベッキー』と、おれは言った。
『この都会の空気は霧っぽくていけねえ。センセのお宅までひとっ飛び行って、田舎
で月食を見たいんだ。巣はおまえがしあげちまえばいいだろ。もうほとんどできてん

だからよ。』『ああ、そうですか』と、ベッキーは言いやがる。『月食だかなんだか知りませんけど！　たいしたおとうさんだよ、あんたは！　行っちまいな。』ってわけで、やってきたのさ、みんな。ダブダブ、トーストをもう一枚もらおうか。」

「月食は何時だか知っているの、チープサイド？」ぼくは、たずねました。

「十一時数分すぎだ、トミー」と、チープサイド。「おれはちょっくら上へ行って、屋根から見てくらあ。」

第四章　月食

　チープサイドの話を聞いて、動物たちは、わっとおしゃべりをはじめました。どの動物も夜寝ないで、月食を見たいと思いました。たいてい、ぼくらの家はとても自由で、人間の家とはいろんな点でちがっていましたが、特に変わっていたのは、だれもが好きな時間に寝ていいというところでした。ただ、ダブダブにしかられたくなければ、食事の時間はきっちり守らなければなりませんでしたが、この数か月（月にのろしがあがらないか、交代で注意して見張っていたときでさえ）、ロウソクを倹約するために、ずいぶん早く寝ていたのです。

　ガブガブは、うっかり眠ってしまって月食を見のがしはしないかと心配していました。ガブガブは何時であろうと、すぐうつらうつらするのです。ガブガブは、十一時前に眠りこけていたら起こしてねと、ぼくらにたのんで約束させました。

　チープサイドが月食のことを教えてくれて、ぼくらはすっかり元気になりました。ほんと、ぼくらにはこういう特別なことが必要だったのです。なにかお祝いをしなくちゃと思いました。

月食なんてめったにないことですから、ちょうどいい機会だということで、ちょっとしたパーティーを開くことになりました。

お茶がすむとすぐに、ぼくは特別な夕食の材料を買いに町へ走っていき、それまでためていたお金を少し使いました。お買い物をしている最中に、正しい時刻もわかったので、家に帰ってから広間の大きな振り子時計を直しました。

とってもゆかいな食事になりました。だれもがおしゃべりをして、チープサイドのばかばかしい笑い話や歌を聞いて笑いころげました。いつものように、ぼくは質問ぜめにあいました。今度は、月食がどういうものかということについてたずねられたのです。ぼくは日食は一度見たことがあっても、月食は見たことがなかったので、なかなか答えられない質問もありました。

どの動物たちも、月食をきちんと見物できるように、ふさわしい場所を確保しようとしましたが、これは容易ではありませんでした。家の近くには高い木が多かったからです。十時半には、月は木のこずえにかくれてしまいそうに思えました。つまり、もしお庭から月食を見ようとしたら、ということです。そこで、ガブガブは、チープサイドのように屋根にのぼって見たいとだだをこねだしました。ぼくは、「トートーやダブダブやスズメのような鳥や、白ネズミなら、屋根のでっぱりにしがみついてバランスをとることができるからいいけれど、ガブガブやジップやぼくには、かなりむずかしいよ」と言いました。

しかし、屋根裏から屋根についたはねあげ戸をあければ、屋根の上の大きなえんとつ近くに出られました。そこでぼくは、屋根裏部屋で二台のきゃたつの上に板や荷箱をわたして台を作りました。この上に立てば、はねあげ戸から顔をつき出せたのです。

とてもよいながめでした。パドルビーの町が――建物からなにから――五キロ先まではっきり見えました。教会の塔、公会堂、曲がりくねった川、みんな月の明かりを浴びていました。

ジップとガブガブとぼくは、台の上に立ってじっと待ちました。ポケットに入れて連れてきた白ネズミのホワイティを屋根にあげてやると、うれしそうにチューチュー言いながら、屋根の棟に沿って走ったり、まるで地面にいるかのように、ちっともこわがることなく、屋根の急な斜面をあがったりさがったり、とびはねたりしました。

「ぼくも屋根の上にあがっちゃだめかな、トミー?」ガブガブが、たずねました。

「ホワイティのほうが、ぼくらよりもずっとながめのいいところにいるよ。こっちは穴から鼻をつき出しているだけだもの。」

「だめ」と、ぼく。「出ないほうがいいよ。ここからでもちゃんと月は見えるから。ホワイティは急なところだってしがみつけるけど、ぼくらにはむりだよ。」

ところが、ぼくがちょっと目をはなしたすきに、ガブガブはよっこらしょと屋根にあがってしまい、かわいそうなことになりました。おそろしいさけび声がしたので、ふり返って見ると、バランスをくずしたガブガブが、ボールのようにごろごろと屋根の斜面をころがり落ちていくところだったのです。

「たいへんだ！」ぼくは、ジップに言いました。「死んじゃうよ。少なくとも大けがだ。」

「心配ないさ」と、ジップ。「体じゅう肉がたっぷりついてるんだぜ。地面に落ちても、ビョーンとはね返ってくるだけさ。あのブタを傷つけることなんてできないね。」

おそろしい悲鳴をあげて屋根のむこうの暗闇へ消えていったガブガブがどうなったかと、ぼくらはだまって聞き耳をたててました。けれども、お庭の小道にドサッと落ちる音がする代わりに、大きなバッシャーンという音が聞こえてきました。ホワイティが屋根をかけおり、雨どいのふちから下を見おろしました。

「だいじょうぶだよ、トミー。」ホワイティは、ぼくに呼びかけました。「天水《てんすい》おけに落ちたよ。」

ぼくは、屋根裏部屋の床に飛びおりて、階段をかけおりて、お庭に出ました。

あのころ、田舎の家には、「天水おけ」というものがあったのです。壁ぎわにならんだ大きなおけで、屋根の雨水は雨どいを伝ってそのおけに集められるというしかけです。そうしたおけのひとつにガブガブは落ちたのでした。ラッキーなやつです。ぼくが近寄ると、ガブガブは水のなかであっぷあっぷしていて、外に出られずにいましたが、どこもけがはしていませんでした。ぼくは、ガブガブをひっぱりあげて、台所へ運んで、タオルでごしごしふいてあげました。びしょびしょになって、ガブガブも少しは、りこうになったのではないかと思います。

ガブガブをかわかしたところで、町の公会堂の時計が十一時を打つのが聞こえたので、ぼくらは急いで屋根のはねあげ戸のところへもどりました。

台の上へあがろうとしたら、ジップが呼びました。

「急いで、トミー、急いで。はじまってるよ！」

それからトートーが、屋根の反対側からさけぶのが聞こえました。

「ほら。影だ！　ごらん！　月の上を影が動いていく。」

思わずぼくは、はねあげ戸から飛び出すと、屋根の棟に立ちあがり、片手でえんとつにつかまりました。

それはたしかに、すばらしい光景でした。空には雲ひとつありません。大きなおぼんのようなまるい地球の影が、月の表面にゆっくりとさしかかってきます。あたりは、まるで昼のように月光であふれていましたが、地球の巨大な影で月がかくれていくと、だんだん暗くなっていきました。あれほどはっきりとかがやいていたパドルビー河でさえ、闇のなかに消えてしまいました。

少しずつしのびよってきた地球の影は、とうとう月をすっかりかくしてしまい、あとにはぼうっとした、かすかな青白い光の輪が、月があった空に残っていました。こんなに暗い夜は初めてです。

「うわあ、トミー！」ガブガブが、ささやきました。「すごいね。ずっとこのままなの？」

「ずっとじゃないよ、ガブガブ」と、ぼく。「数秒もしたら、また月が見えてくる。地球の影が通りすぎたら、はしのほうから月が見えてくるよ。」

「でも、ぼくが見えないよ」と、ガブガブ。「ぼくら、おうちのてっぺんにすわっているんだから、あそこにブタと犬と男の子の影が映るはずでしょ。」

「ティー、ヒー、ヒー！」すぐそばの暗闇から、ホワイティの笑い声がしました。

「いや、ガブガブ」と、ぼく。「日光や月光を浴びると、ぼくらの影は地面とか壁とかにできるけど、あんなに遠くにある月に影ができるほど、ぼくらは大きくないんだよ。」

「ふうんだ！　がっかりだなあ。」ガブガブは、ぶうぶう言いました。「月に映るぼくの影を見たかったなあ。」

「おめえの科学はめちゃくちゃだな、ブタさんよ。」頭上のえんとつのてっぺんから

チープサイドがピーチク言いました。「月食じゃなくて、ブタ食にしたらどうだ、ハハ！」

「でもさ、トミー」と、ジップ。「月の光ってのは、太陽の光が反射して、鏡みたいにここまで届いているんだろ？　それじゃあ、おれたちがいるこの地球は、今、太陽と月のちょうどあいだにあって、月に地球の影がかかっているわけだから、この瞬間、月にいる人は、太陽の光が見えなくなってるってことじゃないのか？」

「そうだよ、ジップ」と、ぼくは言いました。「そのとおりだ。こちらが月食になっている今、月は日食になっているんだ……。ほらね、ガブガブ、影が通りすぎていくよ。月の細い線がだんだんと見えて……うわあ、あれは、なに？」

「トミー！　トミー！」ダブダブがさけびました。「今のを見た？　ぱっとけむりがあがったわよ、月の白い線のはしのところで！」

「うん、ぼくも見たよ！」ぼくは、さけび返しました。「ほら、見て――まただ！」

「白いけむりだ！」ジップが、重々しく言いました。

「合図だ。ついに合図があがった！」トートーが、さけびました。

「先生《ちえんちえい》だ！」とホワイティ。

「そう、センセだ、まちがいねえ」と、チープサイドがピーチク言いました。「おれたちのもとへお帰りになろうってんだ。やったぜ！」

第五章　ぼくは助けを呼ぶ

オクスンソープ通りにある先生の小さな家では、これまでわくわくどきどきするような事件がいっぱいありましたが、このときほど大さわぎになったことはありませんでした。動物という動物たちがいっぺんにぼくに質問をして、答えも待たずに、別の質問をするのです。質問をしていないときは、ぺちゃくちゃしゃべったり、歓声をあげたり、指図したり、ただもううれしくて歌ったりしていました。ぼくもかなり興奮していました。

「チープサイド」と、ぼくは言いました。「マシューおじさんの家までひとっ飛び行ってきてくれないかな？　寝ていると思うけど、窓をたたいて起こしてきてよ。月を指すんだ。そしたらわかるから。すぐにここに連れてきておくれ。なんだったら、パジャマのままでもいいから。おじさんの助けが必要かもしれないんだ。」

「がってんだぜ！」スズメは、そうさえずると、羽ばたきして飛びさりました。

「先生がここに着くまでどれぐらいかかると思う？」と、ガブガブ。「嵐になったら、どうなっちゃう？　おなかがすくかな？　もちろん、そうだよね。すぐに葉タマネギをとってこよう。」葉タマネギというのは、玉になるところがふくらむ前、葉がついているときに収穫するタマネギのことです。

「ねえ、トミー」と、白ネズミのホワイティが言いました。「先生《ちえんちえい》は何を着ていらっちゃるかな。こんなに長い時がたっているんだから、先生《ちえんちえい》の服はぼろぼろになっているよね。ぼく、ちゅぐに先生《ちえんちえい》のために、針に糸を通ちてこよう。」

アヒルのダブダブは、すっかりようすが変わっていました。いつものまじめで、気配りをする責任感のある顔つきをやめて、泣いたり笑ったりいっぺんにしているのです。

「考えてもみて！」と、ぶつぶつ言っています。「いとしい先生が！　とうとう帰っていらっしゃる！　どのお部屋に入っていただこうかしら、トミー。前の先生のお部屋かしら？　東むきの大きな寝室はあそこしかないものね。先生は、窓に朝日が見えるお部屋で起きるのがお好きでしたものねえ。あの部屋には、かわかした草花や石の標本がいっぱいだけど、でも、いいわ、すぐにかたづけましょう。まずは、先生のベッドを作ってこなくちゃ。」

「そんなに急がなくていいよ、ダブダブ」と、ぼく。「まだ何時間も地球にお着きにになりゃしないんだから。」

月食は、もうそろそろ終わりでした。ぼくらは数分待って、また合図がないかだけ確認しました。それから、地球の影がすっかり月から消えて、月がふたたびまんまるくかがやいて空にぽっかり浮かびあがると、ぼくらは家のなかへ入りました。

「いいかい、みんな。」全員が台所に集まったときに、ぼくは言いました。「ぼくらは、先生が月にいらしたことは秘密にするって約束してきたね。ぼくがおうちに帰ってきてから、ぜんぜん出かけなかったのも、そのためさ。人に会っていろいろ聞かれたくなかったからだよ。さて、今度は、ドリトル先生がお帰りになるってことをだれにも——どんな生き物にも——言わないことが、なによりも重要だ。動物の友だちにも言っちゃだめだよ。さもないと、牛や犬や馬たちが先生にお会いしようとぞろぞろやってきて、門から一キロ半もの長い列を作っちゃうからね。そしたら、人間たちの注意をひいて、さわぎになって、先生は昼も夜も落ち着いてお休みできなくなっちゃう。お帰りになったら、先生はさぞかしお休みになりたいはずだからね。だから、いいかい、ひとことも言っちゃだめだよ。」

「トミー、」と、ジップがささやきました。「お帰りになったら先生は病気になるって心配しているんじゃないよな？」

「なにも心配なんかしちゃいないよ、ジップ」と、ぼく。「でも、なにが起こるかわからないだろ。地球までの旅は、前にも言ったけど、とてもつらくて、きびしいんだ。

空気や重力や気候が急激に変わって、苦しくなる。ぼくが月にいたのは短いあいだだけだったけど、ドリトル先生は一年以上も月にいらっしゃるんだ。地球にまた慣れるまで、ぼくよりもずっとつらい思いをなさるかもしれない。先生にお医者さんの手当てが必要な場合にそなえて、ここにほかの先生がいてくれたらうれしいんだけどなあ。でも、マシューおじさんがもうすぐやってくる。必要なら、おじさんに町へ行ってもらおう。」

「だけど、もう、どこもかしこもしまっているよ、トミー」と、ジップ。「もうすぐ真夜中だ。」

「明日《あした》の晩までに先生にお目にかかれるとは思わないよ、ジップ」と、ぼく。「巨大な蛾がものすごい速さで飛んだところで、長い時間がかかるんだ。それに、合図のあとすぐにご出発にならなかったかもしれないしね。しばらくかかるんじゃないかな。月食の時を先生がお選びになったのには、特別な理由があるような気がするよ。ところで、トートー、ぼくのお金がどれくらいあるか、数えてくれない？」

「ええ、トミー」と、フクロウは言いました。「今すぐに。」

その当時は、高い額のお金以外は、銅貨、銀貨、金貨しかありませんでした。ぼくはお金を、先生がお使いになっていたなつかしい貯金箱にためていました。それは相変わらず、台所の食器棚の上にありました。いつだって算数にかけては魔法使いのようなトートーは、貯金箱の中身を平皿にあけて硬貨を数えはじめました。

「日中にお着きになったらどうする？」と、ジップ。「そうなりゃ、先生が到着するところを人に見られちまうだろ？　どうやったら秘密にできるかなあ？」

「そのことは、先生ご自身が考えていらっしゃるよ」と、ぼく。「きっと暗いうちに到着するように時間を見計らって、月から出発なさるよ。ねえ、ジップ、月がしずむまで、だれかがはねあげ戸のところで見張りをつづけるようにしたほうがいいと思うんだ。やってくれるかい？」

「がってんだ」と、ジップは言って、階段をあがっていきました。

「トミー」と、トートーが食器棚から呼びました。「ここにちょうど七シリング四ペンス半あるよ。ええっと、トミーは五週間働いたから、一週間につき十八ペンスくらい貯金したことになる。悪くないよ、トミー、悪くない。」

「そうだね」と、ぼく。「そんなにあるとは思ってなかったよ。そのお金は、入り用になるね。たぶん、もっと。」

そこへ、窓ガラスをたたく、おなじみのコツコツという音がしました。

「チープチャイドだ！」と、ホワイティ。

ぼくは、チープサイドをなかに入れてやりました。

「早かったね」と、ぼく。「マシューおじさんはいたかい？」

「おうよ」と、スズメ。「すぐあとからやってくるぜ。おれのほうが、ずっと速く飛
べるから、先に着いたのさ。」
　チープサイドが帰ってきてから数分もしないうちに、お庭からガブガブが入ってき
ました。お庭で集めてきた、きれいな葉タマネギをひとたばかかえていました。
「月明かりで葉タマネギをほるのは、いいねえ」と、ガブガブ。「とっても詩的なと
ころがあるよ。ねえ、トミー、道のずっとむこうからマシューが走ってやってくるの
が見えたよ。」
　そのとき、マシューが部屋に飛びこんできました。
「トミー！」息を切らして、マシューはさけびました。「合図があったって、うそじ
ゃねえだろうな！」
「あったんだよ、マシューおじさん」と、ぼく。「みんなで見たんだ――二度も――
けむりがポッと二回ね。すごいだろ？」
「いやあ、そりゃすげえや！」マシューは、いすにしずみこむようにすわりました。
「ここまでずっと走ってきたんだ。子どものときから、こんなに走ったことはねえぜ。
ありゃ、チープサイドだなって思ったんだが、スズメなんてどれも同じように見える
から自信がなくってさ。おれもシアドーシアも、ベッドに入ってたんだ。ところが、
あのいまいましい小鳥が起こしやがった。窓ガラスをつっついては、月を指すんだ。

いやあ、鳥のことばが話せりゃよかったよ。おまえさんみたいにさ！　でも、とうとうおれは、はたと気がついて、消防士みたいに大急ぎで服を着て、ここへやってきたってわけさ。先生は、どれぐらいでお着きになるんだい？」

「わからないよ、マシューおじさん。たぶん明日の夜ぐらいじゃないかな。でも、なにかあるといけないから、おじさんにすぐ来てもらって助けてほしかったんだ。いいでしょ？」

「そりゃあ、トミー、大よろこびでそうするさ！　先生をおむかえするのに、おれがここにいねえなんてこたあ、なにがあってもいやだからね。」

その夜、動物たちはみんな興奮しすぎて、なかなか眠れませんでした。みんな、スキップして家に入ってきては、また、月をのぞきに出ていくのです。マシュー・マグとぼくは、台所で、東の窓から朝日が見えてくるまで、これからのことを話しあいました。

第六章　空から聞こえる音

朝になっても、マシューとぼくは、なにかあったら起こすようにとたのんでトートーを見張りにつけてから、いすにすわったまま、ほんの少し眠っただけでした。

お昼ごろ、ダブダブがぼくらを起こして、朝ごはんができたと言いました。おなかがすいていたので、ぼくらはしっかりごはんを食べました。

「町から買ってきてもらいたいものがあるの、トミー」と、ダブダブは給仕をしながら言いました。「食料品の買い置きが少なくなっているから。」

「わかった、ダブダブ」と、ぼく。「なにが必要なの？」

「牛乳がたりないわ」と、ダブダブ。「先生はいつも、牛乳をごくごくお飲みになるから。お砂糖もたりないし。それから――ええっと――そう、タピオカとマカロニと食パン三斤。それでぜんぶだと思うわ。」

ぼくは、それをメモに書いてマシューにお金といっしょにわたして、買い物をお願いしました。マシューはドリトル先生の友人であることをとても誇りにしていましたから、ぼくはマシューがおしゃべりをしたくなるんじゃないかと心配して、マシューがパドルビーの町へ出発する前にもう一度、これから起こる大事件について口をつぐんでおくようにと念を押しました。

「だいじょうぶさ、トミー」と、マシュー。「しゃべりゃしねえよ。でもさ、女房のシアドーシアに話すのは、かまわねえだろ？　ゆうべ、なんでそんなに大あわてで走っていくのか教えろってたいへんだったんだ。おれが夜に外出するときは、密猟でもやってんじゃねえかっていつも思ってるんだよ。でも、あいつだって秘密は守れる。それに、ダブダブはたしかに料理はうまいし、家事もじょうずだが、先生がご到着のときにはシアドーシアが助けてくれたほうがいいんじゃねえかな。シアドーシアも、ドリトル先生のお役に立てれば、こんなうれしいことはねえし、それに、女の人っていうのは、な、わかるだろ。女ってのは役に立たねえこともあるけど、うちに帰ってきてよかったなあって思わせるやりかたを心得ているもんだよ。気がきくっていうのかねえ――それも、なかなかいいことを考えやがる――ときにはね。たいしたもんだぜ。」

「そりゃあまあ、そうだね、マシューおじさん」と、ぼく。「奥さんに教えちゃいけないってことはないと思うよ。」

マシュー・マグが出ていってしばらくすると、足の悪い年寄り馬が台所口にやってきました。

「のう、トミー」と、馬は言いました。「たきぎ小屋がほとんどからっぽになってしまった。先生はお帰りになったら、火に当たりたいじゃろう。まだ夜はかなり冷えるからのう。たきぎを集めに行ったほうがよくないかね？」

「そうだね」と、ぼく。「そうしたほうがいいね。でも、ひづめの具合はどうだい？」

「ああ」と、馬。「だいじょうぶじゃ。ちょっと足を引きずるが。でも、例のたきぎ用のかごをふたつ背中に乗せてくれりゃあ、楽に運べるわい。」

そこでぼくは、斧《おの》を手にして、先生のお庭のむこうに広がる小さな森へと出かけました。そこで、三、四回たっぷり燃やせるだけのたきぎを切りだし、かごにつめて、年寄り馬にたきぎ小屋まで運んでもらいました。

マシューが帰ってきたのは午後四時半ごろでした。お願いしていたものを買ってきてくれただけでなく、奥さんのシアドーシア・マグを連れてきました。おかあさんらしいシアドーシアのどっしりしたすがたがお庭の道を歩いてくるのを見て、ぼくはうれしくなりました。シアドーシアはとてもかしこくて、いろいろなことができる人です。そのことは何年も前に、サーカスに入ったドリトル先生といっしょに旅をしていたときにわかったことで、先生がロンドンで上演した有名なカナリア・オペラでは衣装係として活躍してくれたのでした。

ダブダブは、家の仕事をほかの人といっしょにやるなんて、いやがっていました。けれども、シアドーシアのことは大好きでしたし、アヒルが三時間かけてやるよりもずっと多くをたった一時間でシアドーシアがやってしまうということも、ダブダブにはわかりました。

シアドーシアは、着いて数分後には、はたきをかけるために、家じゅうのカーペットをすっかり芝生に出していましたし、レースのカーテンをはずして、せんたくおけに入れて洗うばかりにしましたし、台所の床にはぞうきんがけをしました。それから、家じゅうのお皿をぴかぴかにしました。こんなにあっという間に家が変わるなんて、見たことがありません。

「あら、トミーぼっちゃま」と、シアドーシアは言いました。（マシューはただの「トミー」と呼ぶのに、どうしてシアドーシアはいつも「トミーぼっちゃま」と呼ぶのかわかりません。）「先生がお帰りになるなんて、すてきですね。ぞくぞくしちゃう――マシューに教えてもらったとき、ぞくぞくってしたんですよ――あら、あのブタをお庭に追い出してくださいませんか？　せっかくきれいにした床をどろだらけにしちゃう。」

ガブガブは、出ていくように言われて、プンプン怒っていました。

「ええ。」と、シアドーシアはつづけました。「先生のお帰りを秘密にするようにってことは、マシューから聞いています。ご心配なく、あたしだって笑い者になりたくありませんからね。だいたい、だれもこれっぽっちも信じちゃくれませんよ、先生のほんとの話なんて。だって、あたしがサーカスで先生とごいっしょして、先生がカナリア・オペラを上演なさったとき、先生がまるでカナリアの生まれ変わりであるかのように鳥のことばを話せるってことは、ロンドンじゅうの人にはっきりわかってたはずなんです。ところが、そのときでさえ、目の前であのオペラを見せつけられてるっていうのに、だれか信じましたか？　だれも信じませんよ。『カナリアのことばを話すなんて！』って、連中は言うわけです。『ありえない！　鳥を訓練しただけだよ』なんてね。いいえ、先生が月にいらしたなんてことを、だれかに話したりするもんですか。ご心配にはおよびません。笑い者になるのはいやですからね。世間なんてそんなものです。聞いたこともないようなことを話したりしたら、頭がどうかしたんじゃないかと思われるのがオチです。」

シアドーシアは、悲しそうに頭をふって、食料品の棚にはたきをかけつづけました。

「そうだよね」と、ぼく。「この何年か、先生がご自身のことをだまっていらっしゃるのも、そのせいだと思うよ。ひとつには、博物学において先生がなさった科学的発見の多くは、あまりにもすごすぎて信じてもらえないんだ。それに、世間がとやかくさわいだり、ほめたたえたりして、お仕事をじゃまされるのが、先生はおきらいだからね。そうそう、ジップが教えてくれたけど、ロンドンでオペラを上演中、先生は送られてくるサイン帳にサインするのに毎日一時間もとられていたんだって。」

「もっとひどいときもあったんですよ、トミーぼっちゃま」と、シアドーシア。「実のところ、先生がロンドンのどの家に住んでいらっしゃるかばれちまうと、人だかりがしないように警察の助けを借りなきゃならなかったんだから。あらあら、ちょいと！　こんなことしてたら、だめですょ。立ち話なんてしてる場合じゃない。先生がお帰りになる前にかたづけておかないと。」

七時十五分ぐらいには、あたりが暗くなってきました。そのころまでにほんの数分間にせよ、少し寝ていた動物たちは、今やふたたびさわぎだし、お庭で三々五々おしゃべりをしたりして、いよいよというときにうとうとするまいと気をはっていました。何羽かのクロウタドリとコマドリが、まわりの木々にとまって、この月夜のお庭の集まりをながめていました。ぼくは、その動物たちをなかへ入れてあげるようにダブダブに言いました。

八時十五分に月がのぼると、マシューとぼくは、寝室の窓のところに陣取りました。この窓はあけっぱなしにしておきました。

「先生は今晩帰っていらっしゃるって気がするんだな、トミー、たしかに？」と、マシューがたずねました。

「きっとね、マシューおじさん」と、ぼく。「暗いうちに着いてくださるといいんだけど。今は、それだけが心配だよ。」

「まあ、先生が計算をまちがえるってことは、めったにないからな」と、マシュー。

「うん」と、ぼく。「ほんとそうだよね。でも、蛾に乗っていらっしゃるかどうかもわからないし。蛾に乗っていらっしゃるなら、どれくらい時間がかかるかおわかりになるはずだけど。月に行くときに先生の時計は止まらなかったからね。月に着いてから、重力のせいや、気候のちがいのせいで、時計はおかしくなったけれど、月に着くまでの正確な時間を先生は書きとめていらっしゃった。だけど、宇宙旅行ができる巨大蛾はジャマラ・バンブルリリーしかいないんだ。今度の旅でジャマラが先生をお連れできないということもありえる。」

「じゃあ、先生はどうなさる？」

「わからないよ、マシューおじさん」と、ぼく。「ほかの虫に乗っていらっしゃるかなあ――もっと時間がかかるかもしれないし、もっと速い虫かもしれない。」

そのとき、ドアをひっかく音がしました。

「トミー、トミー！」ジップが、ドア越しに呼んでいます。「トートーがなにか聞いたって言うんだ――遠くの空に。耳をすまして聞いてみてくれ！」

第七章　巨大バッタ

マシューとぼくは、窓から顔を外へつき出しました。

「なにか聞こえる?」と、ぼく。

「なんにも、トミー」と、マシュー。

「うーん!」と、ぼく。「ぼくもだよ。でも、しょうがないよ。あのフクロウのトートは、人間の耳には聞こえない音を聞きとれるんだからね。だって、むかし、ぼくらが――」

「しっ! 聞くんだ!」と、マシューがささやきました。「聞いたか、今の? 低いブーンって音だ。」

それからまたドアをたたく音がしました。今度はダブダブでした。

「トミー!」と、ダブダブ。「お庭に出てみて――裏庭に――急いで!」

マシューとぼくは、大急ぎでドアを出て、階段を下りました。

家の裏の広い芝生には、家じゅうの動物たちがシアドーシアといっしょに空を見あげていました。そして今度は、ぼくにも聞こえました。まだずっとずっと遠いところから、低く、やわらかいブーンという音がしているのです。

「あれが蛾なら」と、マシュー。「ちょっとした町ぐらいの大きさだな。」

「蛾じゃないよ」と、ぼく。「ジャマラ・バンブルリリーは、あんな音はたてない。先生は、なにかほかのものに乗っていらっしゃるんだ。芝生から物をどかそう。あの手押し車を物置に入れてくれるかな、マシューおじさん?」

「よしきた。入れておいてやる」と、マシュー。

このすてきな芝生は、先生がとてもじまんになさっている古いひろびろとしたお庭の一部で、〝長い芝生《ロング・ローン》〟という名で知られていました。片側には大きなニレの木立がならび、反対側は背の高いイチイの木の長い垣根になっていて、建物の裏からずっと、なんにもさえぎられずに百四十メートルほど、魚のいる池や動物園のほうまでえんえんと長くつづいているのです。芝生のはしには、きらきらかがやく白い石でできた小さなギリシャ風の神殿のような古い東屋《あずまや》があって、トランプ遊びができるようになっていました。歴史によれば、金糸でぬいとりをした絹にレースのひだかざりのついた豪華な服を着た紳士たちが、東屋でトランプ遊びをしていて口げんかになり、この芝生で決闘をしたとのことです。

ロマンチックな場所でした。月明かりでながめると、何百年もむかしに帰れるようです。ぼくは、この芝生を見つめながら、この場所でどんなにいろいろあったにせよ、今晩ほどふしぎなことが起こったためしがあっただろうかと思わずにはいられませんでした。

奇妙なことに、空からブーンという音が最初にはっきり聞こえてきたときから、だれひとり口をきかなくなっていました。ぼくらはみんな、先生が着地できるように〝長い芝生《ロング・ローン》〟からはなれて、家の近くに引っこんでいました。マシューも、そうっとやってきて、ぼくらといっしょになりました。みんな、月のほうを見あげて、わくわくしすぎて口もきけないほどかたずをのんで立っていました。巨大な羽の低くブーンという音は、どんどん大きくなってきています。

どれぐらい待っていたのか、わかりません。一分ほどだったのかもしれません。一時間だったのかもしれません。ぼくは、先生が着陸なさる正確な時刻を書きとめようと思ってはいたのです。科学的または博物学的なメモをとるときには、日付と時間を記しておくことが大切だと先生はいつもおっしゃっていましたから。そのために大広間の大時計の時刻に正確に合わせた先生の古い腕時計を持ってきていました。ところが、それを見るのを忘れていました。なにもかも忘れていました。先生がいらっしゃる――あの、ものすごい音がしている空のどこかに――ということしか考えられなくなっていたのです。とうとう先生がぼくらのもとへ帰っていらっしゃる、帰っていらっしゃるのです！

その夜、時計を見るのはすっかり忘れてしまいましたが、実際に起こったことはなにもかも、今この瞬間ぼくの目の前で絵に描かれたもののようにはっきりと思い出せます。ぼくらが目を皿のようにして立っていると、大きな影が、ぼくらと月とのあいだに、ふいに入ってきました。しばらくそれは、芝生の上空の高いところで、ブーンといいながらとどまっていました。その形はまだよくわかりません。それから、うるさい機械のスイッチがぱちんと切れたみたいに音がやみました。あたりは、こわいほど、しーんとしました。

その生き物がなんであれ、それはおそらく羽を広げて、着地の場所をさがしているのだなと、ぼくは思いました。次に、その影は、静かな芝生から、ふっとなくなりました。ぐるぐるまわっているのでしょうか？　まわりながら近づいているのでしょうか？　そうです。その巨大な体がふたたび雲のように光をさえぎったことから、近づいてきていることがわかります。

そして、ついに――ピューン！――それは、木々のこずえをかすめながら、はっきりと見えるところまでやってきました。それがかたむいて、きれいなカーブを描いて、目の前の芝生に着地すると、あたりの空気が突風のような音をたててうなりました。

それは〝長い芝生〟がすっかりかくれてしまうほどの大きさでした！

それがバッタの仲間だということが、今ようやくはっきりしました。（あとでイナゴだとわかりました。）でも、そのときは、虫の種類などより、それが運んできたのがなにか、ということが気になってしかたありませんでした。

ぼくひとり、月明かりのなか、その虫に近づいていきました。虫の背中の上を見ようとして、つま先立ちになって背のびをしました。ところが、一番高いところは、虫の体が大きすぎて見ることができません。巨大イナゴは、どうやら長旅につかれたようすで、じっとしたままでした。なにひとつ動くものはありません。

ぞっとするような恐怖がぼくをおそいました。先生はどこでしょう？　きびしい旅に先生はたえられなかったのでしょうか？　それとも、先生は結局いらっしゃらなかったのでしょうか？　ひょっとすると、この月の生物界からやってきた巨大な虫は、ぼくらにメッセージを持ってきただけだったのかもしれません――ジョン・ドリトル先生は、やはり月世界にとどまることにしたというメッセージを。

そう思うと気が気でなくなって、ぼくは両側に折りたたまれたイナゴの羽をよじのぼりはじめました。それは、つるつるでオパール色をした、美しくすきとおった羽でした。ガラスみたいなその表面に、たくさんのかたいすじが、ねじくれた根っこのようにはっきりと浮き立っていました。

そのとき、ふいに声が聞こえました。キーキーという耳ざわりな、でもなつかしい、いとしい声が！　オウムの鳴き声です！「チーチー、チーチーったら！　起きなよ！　着いたよ――パドルビーだよ。ぶったまげたね！　おまえさんは、そんなに気分が悪くなっちゃいないよ。起きなったら！」

「ポリネシア！」ぼくは、さけびました。「君かい？　先生はどこ？　いっしょにいるの？」

これが、地球の人間が月からやってきた者たちに初めて話しかけたことばでした。

「ああ、ちゃんといらっしゃるよ」と、オウムは答えました。「でも、まだ気を失っていらっしゃる。そっとしてあげなきゃならないよ。〝死の空間〟を通ってくるのにひどい目にあったんだ。まったくもって、なんて旅だ！　こんなに重い重力のなかをまっすぐ飛べるか自信がないよ。どいておくれ！　今、そっちへおりていくから。」

イナゴの背中のてっぺんから、なにかが飛び出してくるのが見えました。ぼろ布のかたまりのようなものが空中でぐるぐるとまわっているようでした。それから、ドサッと大きな音をたてて、ぼくの足もとの芝生の上に着地しました。羽毛を逆立てたポリネシアが、むっとしながら、長々とスウェーデン語でののしりたてました。

「いってえ！」と、ポリネシアは最後に言いました。「今の、見たかい？　鼻で着地しちまったよ。プリンみたいに！　飛びかたを一からおぼえなおさなきゃ――この歳になって！　すっかりバランスをくずして、へまをしちまった！　それもこれも、あのいまいましい月に、ちゃんとした空気がないせいだよ。そのポケットにビスケット、入ってないだろうね？　あたしゃ、クマみたいに、腹ぺこだよ。」

ぼくは、ダブダブに食料室からなにか持ってきてとたのみました。

「でも、ポリネシア」と、ぼく。「先生は？　気を失っていらっしゃるって言ったけど？」

「そうさ」と、ポリネシア。「でも、だいじょうぶ。息をするのが苦しいんだよ。しばらくそっとしておいてあげな。そのうち、下へお連れするから。かわいそうなチーチーは船酔いになっちまって――というか、バッタ酔いかな、まあなんでもいいけど。地球に着く最後の数時間は、外のようすを見てたのは、あたしだけだよ。いまいましいバッタをこの庭へ誘導するのに、あたししかいなかったってわけさ。そんなことができたのも、あたしの長年にわたる船旅経験のおかげさね、トミー。百戦錬磨ってやつだよ――あんただって、百八十年、ヒマワリの種とビスケットのかけらだけで生きてけば、そうなるさ！　人間のこまったところは、あんまりいろんなものを食べすぎるってことだね。オウムのほうが、かしこいよ！」

ポリネシアは、いつものおかしな、船乗りのような大またで、えらそうに何歩か歩いてみせました。それから、ころりと横にころびました。

「いまいましい!」ポリネシアは、ぼそりと言いました。「空気が重い! まっすぐ歩くことすらできやしない。」

「でも、聞いて」と、ぼく。「先生を――なんとか、そのう――」

「しっ!」と、ポリネシアはささやきました。「起きていらっしゃる。ごらん!」

ぼくはイナゴの背中のほうを見やりました。巨大な足先が、ぼくらのほうへすべりおりてきました。それから、さらに大きく長い足がおりてきて、とうとう体が見えてきました。ポリネシアとぼくは、少しあとじさりしました。それから、信じられないほど大きな人間の体が、イナゴの羽を一気にずるずるとすべりおりてきて、芝生の上にへなへなとくずれ落ちたのでした。

ぼくは前へ飛び出していって、その動かない顔を見つめました。目はとじていました。肌は、太陽と風のせいで、深い褐色に日焼けしていました。でも、その口、その鼻、そのあごをぼくが見まちがうはずがありません。

ドリトル先生でした。

第八章　先生の声

ぼくは、先生の診察室にいつもおいてあるブランデーの入ったびんを取りに、家へかけこみました。ところが、ぼくがもどってくると、もう先生は立ちあがっていました。背たけは五メートル五十七・五センチありました。（翌日、先生が寝ていらっしゃるときに測ったので、まちがいありません。）

先生のようすを説明するのはむずかしいです。麦わら帽子は、明らかに月で集めた材料でできていて、服もそうでした――ズボン以外は、みんなそうでした。ズボンは、地球から持っていった毛布でできていました。

「先生、先生！」と、ぼくはさけびました。「ああ、お帰りになられて、とてもうれしいです。」

おどろいたことに、先生はすぐにお返事をなさいませんでした。

サルのチーチーが、気分の悪いのがおさまって、近くのヤナギの木から下りてくるのが見えました。そこへポリネシアもやってきました。ダブダブもまた近づいてきて、先生のことをじっと見つめていました。そのふしぎな表情には、おかあさんのような愛情と、心配と、大よろこびと、少しの不安とがまざりあっていました。だれもひとことも発しませんでした。みんな、目の前のふしぎな人が話しだすのを、だまって待っていたのです。

やがて先生は、手をのばして、ぼくのほうへ、よろよろとよろめきながら進みました。おそろしく弱っていて、ぼうっとなさっているようでした。足もとがおぼつかないうえに、目もよく見えないらしく、左手をあげて目をこすることもありました。その巨大な右手がぼくの手をつかむと、ぼくの手はすっかりかくれてしまいました。とうとう、奇妙なおずおずとした言いかたで、先生はおっしゃいました。

「いやあ――これは、スタビンズ君！　なつか……なつかしい……ス、ス、ス、スタビンズ君。ああ――ええ――元気かね？」

声だけが、むかしどおりでした。たとえ顔が真っ黒で、月にいるあいだに角でも生えていたとしても、この声さえ聞けば、もうそれがだれかということにうたがいを感じる者はいませんでした。その声は、じっと息をこらして待っていた家じゅうのみんなに対して、魔法のような効きめがありました。というのも、とつぜん、ジップも、ガブガブも、ホワイティも、チープサイドも、トートーも、マシューも、シアドーシアも、みんないっせいにばんざいとさけんで、芝生へと走り出てきたからです。

みんなは、先生を取り囲んで、どっとしゃべりはじめました。

先生は、にっこりして、ひとりひとりになにか話しかけようとしました。しかし、すぐに先生は口をつぐんで、ふらふらっとしました。

「スタビンズ君」と、先生はつぶやきました。「ちょっと、すわりたい。」

先生は、どさっと芝生にしずみこみ、木にもたれかかりました。

「なにかお飲みになりますか、先生」と、ぼくはたずねました。「ブランデーでも？」

「いや、じきに――よくなるから、スタビンズ君。ああ――その――息が、苦しいんだよ。ことばを、忘れて、しまったようだね。すぐに、出てこない。長いあいだ、話して、こなかったからね。ときどき、ことばを――その――思い出すのに、時間が、かかる。」

「今、お話しになろうとしないで、先生」と、ぼく。「ただ、ここでお休みになってください。」

「気圧の変化で――い、い、息が苦しい」と、先生は、目をつぶりながらつぶやきました。「しかも、重力が、強いから、体が、重くなる。こんなに、変化が大きいとは、思っても、みなかったよ。私の脈をとって、みてくれるかい？」

ぼくは腕時計を取りだして、先生の手首をつかみました。

「だいじょうぶです、先生。」ぼくは、しばらくして言いました。「少し速いですが、しっかりとしていて、みだれはありません。」おふとんや毛布を家から持ってきてとたのみました。シアドーシアは、どこにあるかわからないと言うので、ぼくもついていきました。

「ほんとにねえ、トミーぼっちゃま！」なかに入るとシアドーシアは、ささやきました。「先生がお帰りになって、ありがたいことです！　でも、あんな大きさって、見たことありますか？」

「すごいよね、シアドーシアおばさん」と、ぼく。「ぼくは帰ってきたとき二メートル七十を超えていたけれど、先生はその倍もあるよ。」

「それにしても、先生にどの部屋に入っていただくんです？」シアドーシアは、たずねました。「どの寝室も小さすぎます。ドアだって通れたもんじゃありません。」

「そうだね」と、ぼく。「なにか考えなきゃね。とりあえずは、今いらっしゃるところで、楽にしてもらおう。」

「お医者さんに診てもらったほうがよろしいんじゃないかしら、トミーぼっちゃま？　水腫《すいしゅ》にかかった妹がいて、ひどくふくれあがったことがありましてね。でも、お医者さんがお薬をくれて、よくなったんですよ。」

「そうだね、シアドーシアおばさん」と、ぼく。「お医者さんに診てもらったほうが、安心はできると思うけど。そうしなければならないときは、そうするよ。でも、ドリトル先生の意識があるうちは、先生はきっとぼくがお医者さんを呼ばないほうがいいとお考えだと思うよ。」

「オクスンソープにいらっしゃるドクター・ピンチベックは、とてもいいっていう話ですよ」と、シアドーシア。「ところで、毛布はどこにあるんです、トミーぼっちゃま？」

「この三つの押し入れにあるよ」と、ぼく。「ねえ、今たくさん毛布をわたすから、それを運んでいって、しきぶとんを出す手伝いにきてって、マシューおじさんにお願いしてくれないかな。少なくとも三組――いや、四組は必要だろうから。」

「わかりました」と、シアドーシアは言って、毛布を山ほどかつぎあげて、階段をかけ下りていきました。

「それからね、シアドーシアおばさん」と、ぼくはうしろから呼びかけました。「動物たちが先生を質問ぜめにしないように気をつけてあげて。先生を休ませるんだ。」

そんなこんなで、気の毒な先生を楽にしてあげるには、少し時間がかかりました。ニレの木の下の芝生に、大型のしきぶとんを四つならべて、先生が横になれる寝床を作りました。それから、家じゅうの長まくらを集めて、いっぽうに積みかさね、それにシーツをかぶせました。それで、まくらのできあがりです。今すわっていらっしゃるところから、二度ほど、先生にごろりと転がっていただいて、ぶじに寝床に横になっていただけました。

「ここはかなり冷えます、先生」と、ぼく。「どれくらい毛布をかけましょうか？」

二枚かければだいじょうぶだとおっしゃるので、シアドーシアはカーペット用の糸を持ってきて、四枚の毛布を一枚にぬい合わせ、それをもう一回やって、できあがった巨大な毛布を二枚、先生にかけてあげました。

「でもねえ、トミー」と、ダブダブ。「雨が降ったら、どうしたらいいの？　南西のほうに雲があるわ。」

「そうだね」と、ぼく。「ほんとだ。ええっと、どうしようか――」

「サーカス用のテントはどう？」と、ガブガブ。「あれなら、先生に雨がかからないし、じゅうぶん大きいよ。」

「すごくいいよ、それ！」と、ぼくはさけびました。「とってこよう。」そして、ぼくらは馬小屋のほうへ行きました。

大きなテントは、先生がサーカス時代の思い出にとっておいたただひとつの品で、すばらしいものでした。動物園で大型の動物の家として、いつか役に立つかもしれないと先生はお考えになったのでした。テントは馬小屋の二階にしまってありました。

どれほど重たいのか、わかりません。でも、ぼくら全員が力を合わせて、ようやく二階からひきずりおろせたことだけはたしかです。ところが、それをおろしたところで、年寄り馬が、ロープと首当てとでテントのいっぽうのはしに自分を結んでくれと言いました。言われたとおりにすると、馬は先生が横になっておられる芝生まで、テントをひきずっていってくれたのでした。

テント用の棒がいくつかなくなっていましたが、チーチーに木の高いところにのぼってもらって、テントのはしを枝に結びつけてもらい、地面にもどうにかこうにか固定して、とうとう寝床の上に雨風をしのぐテントを立てることができました。

できあがると、「すてきじゃないの、トミー」と、ダブダブが言いました。「だって、テントが家や木にかくれて、道からは見えないもの。だれにも気づかれないわ。」

「そうだね」と、ぼく。「先生には、しばらくここを寝室としていただけばいいね。ぼくと同じように、体がもとの大きさにもどるまで――そしたら、またおうちで暮らせるようになるから。あとで、先生のために、家具を少し運び出そう。でも、今はまだ、要らないね。さて、食事の問題だ、ダブダブ。うちにはミルクがたくさんある？」

「三リットル半ぐらい」と、家政婦のダブダブは言いました。

ぼくはマシューに、ランプをいくつか手に入れてくれるようにたのみました。それに火をつけてから、ぼくらはテントのなかに入りました。

今のところは、先生はとても居心地よさそうでした。呼吸も、すでに少し楽になってきたようです。先生は三リットル半のミルクを、まるでコップ一杯であるかのように、飲みほしました。おそらく先生は、いつものとおり、旅の準備をするのにいそがしすぎて食事のことを忘れて、もう何時間も食べていらっしゃらないのだろうと思いました。ぼくは先生のそばに自分が寝る場所をこしらえて、ほかのみんなには家に帰って休むように言いました。

やがて先生は、またうとうとなさいました。しかし、眠りに落ちるすぐ前に、こんなことをつぶやきました。

「スタビンズ君。あのイナゴにレタスをたっぷり食べさせてやってくれ。朝になる前に、あれは出発するから。」

「わかりました、先生」と、ぼく。「そうします。」

「それから、荷物をぜんぶイナゴから忘れずにおろしてくれたまえ――非常に大切な標本と、たくさんのノートが入っているからね。とても大切なものだよ、スタビンズ君。」

「はい」と、ぼく。「おろして、安全にしまっておくようにします。」

ぼくがふたたび先生の脈を診ているうちに、先生はすやすやと眠ってしまいました。

第九章　月のネコ

その夜、朝になるまで、先生が何度か身動きするのが聞こえました。光をおさえたランプの明かりで、ぼくはそっと先生のようすを見にいきました。先生がぼくをお呼びになったのは、ちょうど夜明けの最初のうす明かりが、テントの布越しに見えてきたときでした。ぼくが先生の上に身をかがめると、外にいる大イナゴが、芝生からブーンと飛びたって、月へ帰る旅へと出発しました。

「いいかね、スタビンズ君。」先生は、弱々しい声でおっしゃいました。「荷物のなかに、大きなオレンジ色の葉でくるんだ包みがある。」

「はい、先生」と、ぼくは言いました。「さっき見ました。ほかのものといっしょに安全なところにしまってあります。」

先生は、ぼくを近くに手まねきしました。それから耳もとでささやきました。

「なかにネコがいる。」

ぼくは、おどろきを見せないようにつとめました。しかし、ショックでした。ドリトル家には、動物のほとんど全種類がいましたが、ネコだけはいませんでした。ネコは鳥やそのほかの動物とうまくやっていけないと、先生がいつも心配なさっていらしたからです。でも、ぼくは、こう返事をしただけでした。

「はい、先生。」

「連れてこなければならなかったのだ、スタビンズ君」と、先生はつづけました。「どうしようもなかった。月のかたすみの、月の表とも裏ともつかぬところにいたのを見つけたんだ。そこにネコの群れがいた。議会の決定にしたがおうとしなかった唯一の動物だ。つまり、動物どうしの永遠につづく戦いをやめるために、生きかたを調整しようという決まりごとにくわわろうとしなかったのだよ。ネコは、ひとりで勝手にやるのが好きだからね。その結果、ネコは自分たちだけで生きていかねばならなくなった。しかし、私が会ったときには、ネコたちはしあわせそうにはしていなかった。」

「でも、そもそもどうしてネコが月にいるようになったのですか？」ぼくは、たずねました。

「ああ、何千年も前に空へ打ち上げられて月となった地球の土のかたまりのなかに、ネコのつがいがいたのだろう。月の男に起きたのと同じようにね。君が帰ったあと、月の動物界で、ほかにもいろいろ発見があったんだよ。元気になったら、すっかり話して聞かせよう。」

ぼくは、そうした発見について一千もの質問をしたくてたまりませんでしたが、先生のためにがまんしました。

「わかりました、先生」と、ぼくは言いました。「そのうち、ゆっくり。」

「だが、聞いてくれたまえ」と、先生はふたたび声を落としてささやきました。「ネコのことはみんなにはだまっていてほしいんだ。今のところは、うちの動物たちにも言ってはいけない。さわぎになるからね。私が自分で、あとで話をすることにする。あれは、いいメスネコだ。たいしたネコだよ。ネコっていうのは、家のなかにいたがるとたいていの人は思っているが、そうじゃないんだ。とても冒険好きでね。あのネコには、たまげたよ。『月にいるただひとりの人間であるオウソー・ブラッジにはネコのことがわかっていない』と、こう言うんだよ。あのネコは旅をしたがってね。『世界を見たい――自分の先祖が住んでいた地球を見たい。先生といっしょに地球に行ってもいいか』ってね。それで、私はどうしたらよかっただろう？　ネコは『連れていってくれるなら、鳥を殺したりしないし、ネズミを食べたりせず、ミルクだけで生きていく』と約束までしたんだ。ねえ、スタビンズ君、連れてきてやらないわけにはいかなかったんだよ。ポリネシアにはひどくしかられたけれど、ほかにしかたがなかったんだ。」

「わかりました」と、ぼく。「きちんとエサをやりましょう。」

　そうは言ったものの、ぼくは、ドリトル家に大さわぎが起こるだろうと思いました。

「さあ、急いで朝食を食べておいで」と、先生。「ほら、外はもう朝だ。」

　がんばって話をしてつかれた先生は、どさっとまくらの上に頭を落としました。先生がこんなに弱々しく、へとへとになって横になっているのを見るのは、とてもつらいことでした。これまでドリトル先生が一日だって病気になったのを、ぼくは見たことがなかったのです。いつも陽気で、強く、元気に動きまわっていらしたからです。

「先生」と、ぼくは言いました。「お医者さんに診てもらったほうがよくありませんか？」

「いやいや、スタビンズ君。」先生は、にっこりしました。「私はだいじょうぶだよ。君に脈を診てもらえれば、それでいい。医者は要らない。いっしょに新聞記者も連れてきてしまうかもしれないからね。」

「なにかめしあがりますか？」ぼくは、たずねました。

「卵を六つ、塩コショウをふって、かきまわしたものを持ってきてくれ。だが、急がなくてもいい。まず、君の朝食を先にすませたまえ、スタビンズ君。私はもうひと眠りするから。それから、ネコのことを忘れないでくれたまえよ。」

「はい、先生」と、ぼく。「忘れません。」

「ところで、」と、先生は、ぼくが外に出ようとしてテントの出入り口の布をあけたときに、つけくわえました。「あのネコに話しかけるのはむずかしいよ。私があれのことばを話せるようになるまでには、かなりかかったんだ。動物のことばでわれわれが今まで試してきたものと、かなりちがう。ふしぎなことばだ――とても微妙で、正確でかちっとしている。あのことばを発明した者は、だれかに伝えようとするより、自分だけにわかればいいと思っていたところがあるな。おしゃべりにはむかないね。ネコのことばには『うわさ話』という語がない。だれかとなかよしになりたい人には、あまり役に立たない。だが、弁護士には、むいているだろうね。」

家のなかに入ると、ダブダブとシアドーシアが用意してくれたおいしい朝食を食べようとしてみんなが席についていました。ぼくは、「今朝は、先生はずっと楽に息をしたり話をしたりできるようになったよ」と、みんなに教えてあげられてうれしかったけれど、「それでも先生はまだとても弱っていて、すぐつかれてしまうんだ」と、つけたすのも忘れませんでした。

「まずはともかく」と、ぼくは言いました。「先生にほんとに元気になってもらわなくちゃ。それから、先生の体重や身長をもとにもどさなきゃいけない。でも、それは先生が体力を失わないように、ちょっとずつやっていかなくちゃね。先生のお食事は、先生ご自身に献立を書いてもらうよ――そしたら、先生になにをさしあげて、なにをさしあげちゃだめか、わかるから。」

「それじゃ、お医者さんに診てもらわないの、トミーぼっちゃま？」と、シアドーシア。

「そうだよ」と、ぼく。「とにかく今のところはね。」

「先生にお医者さんなんて要らないよ」ガブガブが、まゆをつりあげて言いました。

「ドリトル先生は、病気のことなら、自分でなんだってわかっちゃうでしょ？」

「あのね」と、ぼくは説明しました。「お医者さんだって病気のときは、ほかのお医者さんに診てもらわなきゃいけないこともあるんだ。」

「ふうん！」と、ガブガブは鼻を鳴らしました。「へんなの！　お金のむだづかいだ。」

「さて、」と、ぼくは言いました。「さしあたってやるべきは――もう一度くり返させてもらうけど――君たちみんな、ガブガブ、ジップ、ホワイティ、トートー、全員が先生をそっとしておいてさしあげるということだ。なにかの用事を言いつけられないかぎり、テントに行ってはだめだよ。先生にはぼくらに伝えたいことがたくさんあって、ぼくだって、みんなと同じぐらいそれを聞きたくてうずうずしてるけど、先生が元気になって、先生のほうからお話をしようと言ってくださるまで待ってなきゃいけない。わかったね？」

みんなは、ぼくがお願いしたとおりにすると約束してくれました。そして、みんながんばってくれたと思います。こんなにも長くはなればなれだった先生とやっと再会できて、お話ができるようになったというのに、先生に近づかないでいるなんて、つらかったはずなのですから。動物たちがどんなに先生を愛しているか知っている人なら、きっとわかってくださるでしょう。

マシューとシアドーシアはテントに入ってもよいことにしました。それから、ときどき、ポリネシアとチーチーも。でも、長居はいけないと言いました。最初の数日は、かなり気をもんだことはたしかです。そして、先生の脈が少しでもへんになったら、ぼくは、先生ご自身がなんと言おうと、ほかのお医者さんに来てもらおうと思っていました。

それでも、とてもゆっくりとではありますが、毎日少しずつ、先生は元気になっていきました。シアドーシアは、自分の家の仕事をするためにもどらねばなりませんでしたが、もどる前に、先生に新しい服を作ってあげることにしました。マシューはそのための布を買いにお使いに行きました。しかし、そんな服を作れるほどのウールの布を手に入れるには、ぼくらが持っているお金ではたりないとわかりました。そこで、シアドーシアは、先生の古いスーツ三着を、とても器用にぬいあわせて、一着の大きな服に仕立てました。それから、それを染め直して、一色にしました。もちろん先生は、動きまわれるほど元気ではないので、まだ着ることはできません。でも、起きあがれるようになる日がきたら、新しい服を着ることをとても楽しみにしてくださいました。

第十章　ドリトル家はてんやわんや

家の動物たちにネコのことを知らせないようにと先生がおっしゃったとき、それはなかなかむずかしいだろうと、ぼくにはわかっていました。その夜、ぼくはひとりでこっそりぬけだして、ネコにエサをあげるため、荷物のかごをあけました。ぼくは、どなんとなくふつうのネコがいるつもりになっていましたが、ふつうなところなど、どこにもありませんでした。ほっそり長くてくねくねしたヘビのような体に、細い足をしていて、まるでアジア・チーターのようでした。しかも、見たこともないほど、気性が荒い生き物だったのです。

ぼくがネコのかごが入っている包みをほどきはじめたとき、ネコは先生が会いにいらしたと思ったのでしょう。ところが、知らない人間が見つめているものですから、ぼくから飛びのいて、かごのすみで背中をまるめて、うなり声をあげました。それほどおびえていては、「よしよし」となぐさめてもむだだとわかりましたので、時間をかけて少しずつ慣れていってもらうしかないと思いました。そこで、かごのなかにミルクの入ったお皿を入れて、かごをとじました。やがて、ネコがぺちゃぺちゃとミルクをなめている音が聞こえたので、ぼくはそっとしのび足で立ち去りました。

ぼくは、ポリネシアと相談するのが一番いいと思いました。ほかの動物に聞かれないところにポリネシアを連れていって話しました。

「ねえ、ポリネシア」と、ぼくは言いました。「あのネコのことは知っているね？」

ポリネシアは、針でもつきささったかのように飛びあがりました。

「あんたね」と、ポリネシアはきびしい口調で言いました。「あたしの友だちでいたいんなら、あの動物の名前を口に出すんじゃないよ。あんなのはね――あれって呼べばいいんだよ！」

「わかったよ、ポリネシア」と、ぼく。「じゃあ、英語の〝あれ〟とか〝それ〟とかいう意味の〝イット〟って呼ぶことにしよう――いや、〝イット〟をかわいくして〝イティ〟って呼んだらどうかな？」

「イティ？」オウムは顔をしかめてつぶやきました。「イティちゃん？　キティちゃん？――サイテーちゃんのほうがいいよ。まあ、いいさ、好きに呼ぶがいいよ。」

こうして、このときから、そのネコはイティと呼ばれるようになりました。

「それでね、ポリネシア」と、ぼく。「あのネコは――」

「その名前を口に出すんじゃない！」ポリネシアはさけびました。「ぞっとするよ。」

「ごめん」と、ぼくはつづけました。「でも、イティには、当分こっそりエサをやらなきゃならないんだ。先生は、ご自身でおっしゃるまで、ほかの動物に知られたくないとお考えだからね。だけど、食事をあげるのがたいへんだということはわかってくれるだろ。そこで、君にお願いしたいのは、こういうことなんだ——ぼくが、あのネ——いや、イティに食事を運びたいとき、君に合図をする。そしたら君は、ぼくがもどってくるまで、ほかの動物たちをどこかよそへ連れ出すか、いそがしくさせておいてほしいんだ。わかる？」

オウムは、そうすると約束してくれました。しばらくは、この計画はうまくいきました。毎日ぼくがネコにミルクを持っていきたいときは、ポリネシアはほかの動物たちに、レタスがどれほど大きくなったかお庭に見にいこうとさそうなどしてくれたので、ぼくはだれを気にすることもなく、イティのめんどうを見ることができたというわけです。

ネコは、だんだんぼくがやってくることに慣れてきて、ぼくがミルクを持ってくるだけで危害をくわえないことがわかると、ぎこちないながらも、おそるおそる、ぼくになついてくるようになりました。

しかしながら、家のみんなは、結局、なにかあるぞと、うたがいはじめてしまいました。たぶんみんなを外へ連れ出すポリネシアの口実がだんだん同じことのくり返しになってきたからでしょう。とにかく、ガブガブがある晩ぼくに、毎日同じ時刻になるとこっそりどこかへいなくなるのはどうしてかと、たずねました。それから、トートーが――世界一耳のするどいあの鳥が――屋根裏部屋にこの世のものとも思えない物音がすると言いました。(ぼくは先生が月から持ち帰った荷物を屋根裏部屋にしまっておいたのです。)そして、とうとうジップが――じょうずににおいをかぎわけることで黄金の首輪を贈られたあの犬が――家の上のほうから、かいだことのないへんなにおいがすると言いました。

ぼくは、落ち着かなくなりました。助けてもらえるかなとポリネシアを横目で見ましたが、あのいじわるオウムは天井をにらんで、デンマークの船乗りの歌を鼻歌で歌って、会話をひとことも聞いていなかったふりをしました。この秘密を知っている残りのひとりであるチーチーも、どうやら自分に質問がふられないようにと、ものすごくいそがしそうに暖炉のそうじをしていました。白ネズミのホワイティは、暖炉のか《マントル》ざり棚《ピース》の上から、ピンク色の目を好奇心でいっぱいに開いたまま、だまって見つめていました。ダブダブが、流し近くでお皿をふいている音が食器室のドア越しに聞こえてきました。ぼくは、ますます落ち着かなくなりました。

「教えてくれよ、トミー」と、ジップ。「先生が月から持ち帰ったあの荷物の中身はなんだい?」

「ああ――そのう――植物だよ」と、ぼく。「月の植物と種だよ――種がたくさんさ、ジップ。先生はそれを地球で植えてみて、育つかどうかたしかめようとなさっているんだ。」

「だけど、におったのは、植物じゃなかった」と、ジップ。「まったくちがうものだ。」

「どんなもの？」トートーが、たずねました。

「動物みたいだった」と、ジップ。

「どんな動物《どうぶつ》？」と、ホワイティ。

「よくはわからんが」と、ジップ。「かなりへんだった。おれの背中の毛という毛がぞくぞくっとさか立ったんだ。どうしてだかわからんが。あの荷物には、植物のほかになんにも入っていないのかい、トミー？」

長いこと、ぼくはだまったままでいて、そのあいだ動物たちは、答えを待ってぼくを見つめていました。とうとうポリネシアが言いました。

「ああ、もう言っちまいなよ、トミー。おそかれ早かれ、わかっちまうんだからさ。」

「わかったよ。それじゃあ、」と、ぼくは言いました。「先生はぼくに今はだまっているようにとおっしゃったんだけれど、しかたがない。あの荷物には、ネコがいる。」

ポリネシアは、そのいやなことばを聞いてギャーとさけび、ジップは撃たれたかのように飛びあがりました。トートーは長く低い口ぶえを吹きました。食器室にいたダブダブはお皿を床に落として、お皿は大きな音をたてて割れました——ダブダブがそんなことをしたのは、生まれて初めてのことでした。ガブガブは、いやがってぶうぶう言いました。ホワイティは、キーという甲高い声を出したかと思うと、暖炉のかざり棚《マントルピース》の上で気絶してしまいました。ぼくはとびあがって、その顔にスプーン一杯ほどの水をかけてやりました。ホワイティはすぐに意識をとりもどしました。

「なんてこった！」ホワイティは息をのみました。「ちゅごいチョックだ！」

「え、水が？」ぼくは、たずねました。

「いいえ」と、ホワイティ。「ネコがでちゅ。ああ、どうちて？　どうちて先生《ちぇんちぇい》は、ちょんなことをなちゃったのでちょう？」

「家は、おしまいだ」と、トートーがうなりました。

「ああ、トンでもない！」ガブガブが、悲しそうに首をふりながら、なげきました。

「なんてひどい！」

　ダブダブは、すすり泣いて身をふるわせながら、食器室の戸口に立っていました。

「ありえないわ」と、くり返しています。「そんなこと、ありえない。」

「ネコだって！」と、ジップはつぶやきました。「なんですぐわからなかったんだ！　あんなふうにおれの背すじをぞくぞくさせるのは、ネコのにおいのほかないじゃないか。ちっくしょう！　家から追い出してやる。」

それから大さわぎになりました。これまでとても居心地のよかった大切な家をあとにして、すぐに出ていこうとする者もあれば、ネコを追っ払ってくださいと先生にお願いするために先生に会わせてほしいと言う者もありました。ジップのように、ネコを追い出してやると誓う連中もいました。台所はパニックとなり、大混乱となり、阿《あ》鼻叫喚《びきょうかん》となりました。

「もうやめて！」とうとうぼくは、さけびました。「やめて！ みんな、ぼくの言うことを聞いて。みんなは、なにを話しているかもわからないまま、さわいでいるだけだ。先生がみんなをふしあわせにするようなものを連れてくるはずがないって、気づくべきだ。ぼくだって、あんまりネコは好きじゃないし、ポリネシアだってそうだ。でも、あのネコはちがうんだ。あれは、月のネコなんだ。ネコっていっても、地球のとはまったくちがった、目新しい習性を持っているかもしれない。ぼくらに伝えることがあるかもしれない。先生は、あのネコを気に入っていらっしゃる。研究なさろうとしているんだ。」

「だけど、トミー」と、ホワイティがチューチュー言いました。「ぼくらの命が、一《いっ》瞬《ちゅん》も安全《あんじぇん》ではなくなるよ。」

「静かにしておくれ、ホワイティ」と、ぼくはぴしゃりと言いました。「ドリトル先生が、これまで何度『人間があらゆる種族のなかで最も自分勝手な生き物だ』とおっしゃってきたと思ってるんだい？」

「ネコほど自分勝手なもんはいないよ」と、ジップがうなって、口をはさみました。

「先生が何度非難してきたと思うんだい」と、ぼくはつづけました。「すばらしい自由のことをまくしたてながら、動物たちにはその自由を与えないできた人間のことを？　君たちもそういうふうになるのかい？　まだそのネコに会ってもいないというのに。そのネコのことをなにも知らないくせに。それなのに、ぼくが話に出したとたん、生まれたてのひよこみたいにピーピーさわぐなんて。」

「鈴をつけなくちゃ――ぜったい！」ダブダブが、さけびました。「暗がりからネコがしのびよってきたら、鳥肌が立っちゃうわ。がまんできない。家を出ていきます――こんなに長年すごしてきたのに！」

　ダブダブは、またさめざめと泣きだしました。

「落ち着いて、ダブダブ」と、ぼく。「お願いだから！　少なくとも、少しは理性的になってよ。」ぼくは、ほかの動物たちのほうをむきました。「あのネコにはスポーツマンシップがある。つまり、正々堂々とチャレンジしようとしている。みんな、そのことは認めてあげなきゃいけない。地球に連れて行ってくれとたのむほど、先生を信頼したんだ。君たちのうち、だれにそんな勇気がある？　知らない男が月からやってきて、この世から連れさって、見たこともない別世界に連れて行くと言われたら、どうする？　答えておくれ。」

われながらおどろいたことに、ぼくの高飛車な演説は、かなりの効果があったようです。演説を終えると、考えこむような沈黙がありました。やがてジップが静かに言いました。

「ううむ！　トミーの言うとおりだ。たしかに勇敢だ。やつは大きな賭《か》けをしたわけだ。」

「そこで、みんなにお願いだ」と、ぼくは言いました。「先生のために、あのネコに親切にして思いやりをもって接してほしい。好きになれなければ好きにならなくていい。でも少なくとも、礼儀正しく、公平に接してあげてほしいんだ。」

「まあ」と、ダブダブが、ため息をつきながら言いました。「うまくいけばいいんですけどね。でも、その子が私のシーツ棚で子ネコを育てようものなら、私は、お庭の上を今年最初の野ガモの群れがわたっていくとき、まちがいなく、いっしょに南へ飛んでいきますからね！」

「心配要らないよ」と、ぼく。「ネコは先生におまかせしよう。先生なら、あつかいかたをご存じだ。ぼくは、まだネコ語もしゃべれないし、あれはあれでとても人見知りをして、人に慣れていないからね。うちとけてきたら、ちゃんと仲間になれるさ。」

暖炉の近くでうずくまっていた小さなサルのチーチーが、初めて口をききました。

「あの子は、頭がいいよ」と、チーチー。「ちょっとふしぎで、へんなところがある――しかも、ぜったい自分のやりかたを曲げない――でも、すっごく頭がいい。ポリネシアは、あの子のおかしなことばを学ぼうともしないけど、ぼくは片言なら話せるんだ。」

「それに、」と、ぼく。「あの子がほかの動物を殺したりしないかとこわがらなくていい。あの子は、先生に約束したんだ、鳥を殺したり、」――ぼくは、暖炉《マントルピース》のかざり棚の上のホワイティをちらりと見あげました――「ネズミを食べたりしない、いってね。」

「なんて名前なの？」と、ガブガブ。

「イティっていうんだ」と、ぼく。

「へえ！」ホワイティが考えこむように、つぶやきました。「イティ？　イティは、プリティ（かわいい）！」

「詩でも作るつもりかい、ホワイティ？」ガブガブがたずねました。

「いやいや」と、ホワイティはそのひげを楽しそうにくるくるさせながら言いました。

「犬も食わない、へぼ詩だよ。」

「だれが食わないって？」ジップが気を悪くしてほえました。

「犬……」と、ホワイティ。

「そんなもの、犬もネコも食べないよ」と、ガブガブがぶうぶう言いました。

そこで、みんなはクスクス笑って、思ったよりもずっとよい雰囲気になって、寝床に行きました。

第十一章　先生の事故

その週の終わりには、先生はずいぶん元気になっていました。これまでのところ、ほとんどミルクと卵とレタスだけをめしあがっていたのですが、これらの食べ物は、なによりも先生に力をつけてくれたようです。そうであってくれてよかったです。というのも、もっと高い食べ物を買う余裕はありませんでしたから。もちろんレタスは、お庭で育てていますから、事実上ただでした。（ガブガブとぼくで、新しい苗床をいくつか作ったのです。）それでも、帳簿をつける仕事をしておいてよかったとつくづく思いました。思いもよらないことが起こって大金が必要になるといけないので、ぼくは一週間の給料の三シリング六ペンスをできるかぎり貯金しました。

先生が夜のあいだになにかほしくなるかもしれないので、ぼくはまだ先生のテントに寝泊まりしていました。ある日の朝早く、先生はぼくを呼んでおっしゃいました。

「スタビンズ君、私はかなり元気になってきた。今日は起きてみようと思う。」

「でも、先生」と、ぼく。「ほんとうにそんなに力がもどったのですか？」

「まだわからんが」と、先生。「試してみないことには、どうにもならんからね。シアドーシアが作ってくれた服を着るのを手伝ってくれんかね。」

ぼくは、とても心配でした。同時にとてもうれしく思いました。先生が服を着るのをお手伝いしましたが、いざ先生が立ちあがって歩くのを助けようとすると、ぼくではあまり役に立ちませんでした。ぼくはそのとき身長が百六十センチ以上ありましたが、先生はぼくの肩につかまるためには腰を曲げなければならなかったのです。それで、先生は、ぼくの上に転ぶのではないかとひどく心配なさいました。

しかし、ぼくが森から長いステッキを切り出してきてさしあげると、先生はテントのまわりを、とぼとぼとではありますが、かなり歩けるようになりました。それから、先生はさらに冒険心を起こして、お庭に出ていこうとなさいました。ぼくは、あきらめるように一生懸命言いましたが、先生はとにかくやってみるとおっしゃるのです。実際のところ、体を支えきれずにうずくまってしまいましたが、それでも、〝長い芝生《ロング・ローン》〟を半分ほど歩くことはできたのでした。

翌日、先生はさらに元気になっていました。塔のように高くそびえるそのすがたが芝生の上を歩きまわるのを見るのはふしぎな感じでした。頭がときどき高いニレの木の葉にかくれて見えなくなるのです。先生は何回か休んでから、今度は動物園まで行ってみたいとおっしゃいました。そして、動物園に着くと、門のドアなどかまわずに、三メートルもある柵《さく》を、ひとまたぎなさったのでした。

　そのあと、先生は家のなかへ入りたがりました。この古い建物には、使われていないドアがひとつありました。何年もしまったままで、緑色のペンキはうすくなり、真鍮《しんちゅう》のドア・ノッカーもさびていました。勝手口と同じように〝長い芝生《ロング・ローン》〟に面しているのに、どういうわけか横の出入り口と呼ばれていました。先生は、ニレの木にもたれてすわり、ひと休みしながら、そのドアを見つめていました。

「ねえ、スタビンズ君」と、先生。「あのドアからなら入れると思うよ。」

「え、先生」と、ぼく。「だって、あれは先生の身長の半分もありませんよ。」

「立って入ろうとは思わん」と、先生。「横になったまま、はっていく感じで進めば、なんとかなるだろう。あれは両開きだからね。ずっとむかし、私のひいじいさんの時代に、ガーデン・パーティーをするのにあのドアを使ったんだよ――ほんとうは、あれが正面玄関だったんだ。あそこの前まで馬車が通れる道がつづいていて、今、家の前の牡丹《ぼたん》の花だんがあるあたりまで馬車で行けたんだ。あれをあけてみて、寸法を測ってくれんかね？　問題は私のおしりだ。おしりさえ通れれば、体のほかのところは通るだろう。」

　そこでぼくは、長いガーデンテープ〔植物の茎を支柱と結びつけるときなどに用いるテープ〕をとってきて、先生のおしりのはばを測りました。それから、ダブダブといっしょに家じゅうの引き出しをさがしまわって、横の出入り口の鍵《かぎ》を見つけました。ドアの古いちょうつがいは、さびていたので、両側ともあけると、ギーときしみました。

ぼくは先生のもとへもどりました。

「横はばは、だいじょうぶなようです」と、ぼく。「でも、なかへ入ってからどうなさるおつもりですか？」

「ああ、広間の天井は、特に高くなっているからね」と、先生。「あそこに入ってみよう、スタビンズ君。」

事故が起きたのは、そのときでした。先生はもぞもぞと身をくねらせるようにして戸口から半分ほど体を入れたところで、動けなくなってしまったのです。ダブダブは青ざめて、泣くやら、さけぶやら、手がつけられなくなりました。ぼくは、先生をすっかりなかへ押しこめないかと押してみて、それから、ひきずり出せないかと引っぱってみました。でも、押しても引いても、うんともすんとも動きません。ぼくは、十五センチほど計算をまちがえていたのです。

「大工さんや職人さんを呼んできたほうがいいわ、トミー」と、ダブダブは言いました。「先生をこんなふうにほうっておくわけにはいかないもの。」

「いや、やめておくれ」と、先生。「そんなことをしたら、町じゅうの人がここに来て、私を見物するよ。マシューを呼んでおくれ。」

そこでぼくは、トートーにお願いして、マシューに助けを求めに行ってもらいました。

マシューは、先生の足が庭につき出ていて、体の半分が家のなかにあるのを見ると、頭をかきました。

「さあて、ちょいと待っておくれよ、トミー」と、マシューは言いました。「ドアの上に半円状の明かりとりの窓があるだろ？　のこぎりとはしごを貸してくれたら、たぶんドアわくの上のところを切り取れると思うんだ。」

「でも、そしたら、上からレンガがくずれてこない？」ぼくは、たずねました。

「いや、そりゃあないね」と、マシュー。「窓のアーチ形のわくが、壁を支えているからね。のこぎりを貸してくれ。先生、先生の上に立ってもいいですか？」

「かまわんよ」と、ドリトル先生。「とにかく、なかに入れるか出すかしておくれ。このままにしないでくれたまえ。」

ぼくは、のこぎりを持ってきました。道具のあつかいにかけてはとても腕のたつマシューは、先生の上によじのぼって、ドアわくの上を切りました。そして、窓ガラスをはずすと、四十五センチほどの余裕ができました。先生は、もぞもぞと、さらになかに入りました。

「ああ！」先生は、入るとすぐにおっしゃいました。「これでなんとかなるぞ。だが、私は出るのではなく、なかへ入らねばならんな。」

次にぼくらは、地面に杭《くい》を打ちこんで、先生が体を前に進めるときにぐっと足で体重をかけられる足場を作りました。ほかの動物たちがまわりに立って見守るなか、先生はうなったり、息をはいたりしながら、とうとう大きな体全体を広間のなかへむりやり押しこみました。先生は、しばらくため息をついて横になったままでいました。

「すばらしい」と、先生はおっしゃいました。「すばらしい！」

「でも、そこでは、すわることもできないでしょう？」と、ぼくはたずねました。

「ちょいとお待ちになってくださいよ、先生」と、マシュー。「天井に穴をあけるまで待っていてください。あとで天井の板はすっかりもとどおりにもどせますから。あっしが二階へかけあがるまでお待ちください。すぐに居心地よくしてさしあげます。」

マシューが台所の階段をかけあがると、二階の床をのこぎりで切る音が聞こえてきました。しっくいが少し先生にふりかかりましたが、チーチーとホワイティがさっさと払ってあげました。

やがて、広間の天井には、先生の頭が通れそうな大きな穴があきました。

「ありがとう、マシュー」と、ドリトル先生。「君がいないと、なにもできないね。」

先生はよいしょと身を起こしてすわる姿勢になり、頭を穴につっこんだので、ぼくらから見えなくなりました。

「ああ！」先生がため息をつきながら言うのが聞こえました。「ようやくこれで、うちに帰れたよ！　うちの一階と二階にいっぺんにね。すばらしい！」

先生は少し休んでから、広間のなかで、なんとかむきを変えました。それから、ふたたびドアのほうをむいて、今度は庭へ出て行こうとなさいました。そしてまた、たいへんなことになりました。またもや先生は、とちゅうでひっかかってしまったのです。

「いいでちゅか、先生《ちえんちぇい》」と、ホワイティが言いました。「ぼくらネジュミが、特にちっちゃな穴をくぐりぬけたいときどうちゅるか、お教《おち》えちまちゅね。」

「教えてくれたまえ！」先生は、息を切らしながら言いました。

「まぢゅ、深く息を吸《ちゅ》いまちゅ」と、ホワイティは言いました。「ちょれから長くゆっくり息をはき出ちてから、ちょこで息を止めまちゅ。目をちゅぶって、穴は実際《じっちゃい》の半分の大きちゃちかないと思って、自分をパニック状態に追いこんでくだちゃい。うちろからネコが追いかけてくると想像《ちょうじょう》ちゅるともっといいんでちゅが、先生《ちえんちぇい》はネジュミぢゃないので、ちょれはなちゃらなくてけっこうでちゅ。やってみてくだちゃれば、わかりまちゅ。必死になるぶん、思いのほか、ちゅるちゅるっと通れまちゅから。ちゃあ、深く息をちゅって——はいて——目をちゅぶるのをわちゅれないで。自分がネジュミになった気分でやってくだちゃい。」

「わかった」と、先生。「やってみよう。自分がネズミだと想像するのはむずかしいが、君の忠告はきっと役に立つことだろう。」

ホワイティの忠告に意味があったのかどうかわかりませんが、とにかく、二度めに先生はうまいこと出てきて、小学生のように笑いながら芝生の上へはい出してきたのでした。

先生が家に入ることも出ることもできて、ぼくらはとてもうれしく思いました。すぐに、木の下のテントからおふとんを運びこんで、広間を先生の寝室としました。寝るときには少しひざを曲げなければなりませんでしたが、とても居心地がよいと、先生は言ってくださいました。

やがて、すっかり元気になってきたドリトル先生は、自分の大きさをもとにもどすことに専念なさいました。まず、運動をしてみました。ぼくらは、羽根ぶとんを二枚重ねて先生用の厚手のセーターを作りました。それを着て先生は、朝食前に〝長い芝生《ロング・ローン》〟を行ったり来たり走ったのです。先生がかみなりのような地ひびきをたてて走るので、お庭じゅうがゆれ、食器室の棚のお皿はがちゃがちゃと音をたて、応接間の壁からは絵が落ちました。

それでも、なかなかやせることはできません。だれかが、マッサージはどうかと言いだしました。そこで、先生は芝生に横になり、マシューとチーチーとぼくが、何時間も先生をたたいたり、もんだりしました。先生は、サーカスでゾウが病気になったときのことを思い出すと言いました。あのときは、先生とスタッフ全員がはしごでゾウの上にのぼって、痛みをとってあげようとして薬をごしごしぬりこんでマッサージしたのだけれど、とうとうみんな筋肉痛になってやめなければならなかったそうです。

ガブガブが、芝生用のローラーを使ったらいいのではないかと言いましたが、それはあまりにも荒療治だということになりました。

「おまえ、自分でやってみたらどうだ、ガブさんよ？」と、ジップは言いました。

「おまえの体も少しほっそりしたほうがいいぜ。」

「ぼくの体のどこがいけないの？」ガブガブは、自分の体のゆったりとした曲線をながめながら言いました。「なにがあろうと、この体はこのままでいいんだよ！」

もとの大きさにもどるのは、お気の毒にも、先生にとっては時間のかかる仕事となりました。しかし、先生は負けずに、がんばりつづけました。やがて、食餌《しょくじ》療法、運動、マッサージの効果があって（それに、もちろん気候や重力の変化もあって）、先生はだんだんと、もとのすがたにもどっていかれたのでした。

第十二章　月の博物館

しかし、ドリトル先生をふくめてぼくら全員は、先生がほかの人と同じように、ふつうの生活を送れるようになるには、たぶんあと数週間はかかるだろうと思っていました。ふつうのドアから入るときには、まだ両手両足を床につけなければ入れませんでしたし、一番大きなひじかけいすにすわっても、ひじかけがこわれてしまいましたし、先生の大きな手では、ふつうのえんぴつやペンをつかんできちんと字を書くことはできませんでした。

先生はたいへんこまりました。早く執筆をしたくてたまらないのです。先生は、月についての新しい本を書くおつもりでした。

「こいつは、今までで最高の本になるよ、スタビンズ君」と、先生はおっしゃいました。「もちろん、うまく書きあげられれば、ということだがね。かりにへたに書いても、将来博物学の本を書く学者にとって、少なくとも、きわめて重要な情報をふくんだ本になる。一般読者は、私がとんだ食わせ者か、ひどいうそつきと思うだろうが、いずれは私が正しいとわかる日がくるだろう。」

ぼくもまた、もちろん、先生がそうした本をお書きになればいいと心から思いました。先生の助手として、ぼくは先生のお手伝いをしなければならないのですから、先生が月でどんな研究や実験をなさったのかを知りたいと思いました。しかし、アヒルのダブダブは、まったくちがう考えでした。

「トミー」と、ダブダブは言いました。「先生は急いで本をお書きにならなくてもいいでしょ。いいえ、本が重要じゃないなんて言うつもりはないのよ――だけど、私に言わせれば、月と地球をごちゃまぜにしたところで、どうにもならないわ。田舎で暮らす動物にとってさえ、生活はもうじゅうぶんごちゃごちゃだというのに。とにかく一番の理由はこういうことよ――先生はいったん新しい研究をおはじめになると、夜も昼もなく夢中になってしまうということは知ってるわね。お食事をとるために中断もなさらないし、睡眠をとるために中断もなさらない。働きづめ。先生はまだそんなことをなさるほど十分に体力が回復していらっしゃらないわ。お願いだから、あのノートから先生を遠ざけてちょうだい――少なくともすっかりお元気になられるまで。」

実のところ、ダブダブの心配は、さしあたって必要ありませんでした。先生ご自身が、研究室でものをひっくり返したり、ぎこちない手つきで実験をして繊細な実験道具をこわしたりしなくなるまでは、分厚い本を書こうとしても意味がないとわかっておいでだったのです。

先生は、昼間は運動や庭仕事をするだけでよいとお考えになりました。月からいろいろな種《たね》や植物の根を持ち帰っていましたが、そうしたものが地球でも育つのか、新しい気候や条件のもとではどんなちがいを見せてくれるのか、知りたいと思っていたのでした。食べられる野菜やくだものもあって、それには、もちろん、ガブガブが特に興味を示しました。そして、ガブガブはただちに、ごじまんの『食べ物百科事典』の新しい巻に書くために、メモをとりはじめました。この巻は「月の食事」と題される予定でした。

ガブガブに手伝ってもらって、先生とぼくは、新しい、ふしぎなかたちをした種を、何列も何列も植えました。どの列にも、植えた日付と土の種類を記した木のふだをていねいに立てていきました。温度、気圧、雨量などは、毎日『庭日誌』と題したノートに記しました。こうした種のうち、ある種類のものについては、先生は特に注意するようにおっしゃいました。

「この植物は」と、先生。「成長したら、とても役に立つはずだよ、スタビンズ君。この植物から私の服の材料となった葉がとれたんだ。つまり、到着したときに私が着ていたあの上着のね。ものすごくじょうぶで、しなやかだ。それを革みたいに染める方法も発見した。どこをとっても、ほんとうの布みたいなんだ。」

先生が持ち帰ったあの巨大な荷物の山のなかには、アリ、ハチ、トンボの仲間、蛾などの卵や幼虫がいました。これらの虫には、寒い夜もあたたかくすごせるように、特別なふ化箱や羽化装置を作ってやらなければなりません。また、お庭のなかでも、好きな食べ物がある草や木々など、生活条件が合うところへ放してやらなければならない虫もいました。

それからまた先生は、地質学の標本を何袋も持ち帰っていらっしゃいました——すなわち、岩、大理石、石炭のようなもの、そのほか月の山からほり出してきたさまざまな標本です。なかには、宝石ないしは宝石に見えるものが入っている石もありました——オパール、サファイア、紫水晶《アメシスト》、ルビーかもしれない小石や水晶です。化石もありました——奇妙なカタツムリの貝がら、もはや地球にも月にも生きていない魚、トカゲ、ふしぎなカエル——みんな今では、かたい、かたい石となってしまったものです。

こうしたものの管理をするために、ぼくらは先生のいろいろな施設にくわえて、もうひとつの部門を作ることにしました。〝月の博物館〟というものです。大きな馬小屋のなかの使っていない馬具部屋に、壁一面に棚を作って、ガラスのふたつきの標本箱も用意しました。そこに、すべての化石と地質学的標本と、やはり荷物のなかに入っていた、とても美しい押し花や押し葉をならべました。

ジップは、例のネコも――けがをしないように――ガラスのケースにとじこめてやれと言いました。

ぼくは、この仕事が終わったとき、とても鼻高々でした。ちゃんとした博物館に見えましたし、いかにも科学の研究に役立ちそうにりっぱに見えたので、先生は、それはそれはよろこんでくださいました。

「君は、こうしたことを手際よく、きっちり仕上げるほんとうの才能があるね、スタビンズ君」と、先生はおっしゃいました。「私のこまったところは、そこなんだよ――決してきちんと整理ができない。妹のサラは――サラが私の家の世話をしてくれていたことは、君も知っているだろう――サラは、私がだらしないと、いつも小言を言っていた。実際、それでサラは私のもとを去って、結婚したのだからね。かわいそうなサラ。今ごろどうしていることやら。いろいろな点ですばらしい女性だった。だが、これは、スタビンズ君、すばらしいよ！　しかも、君ひとりでやったなんて！　君がいなかったら、私はどうしたらいいだろうね？」

先生はあれやこれやと日中はとてもいそがしくしていらっしゃいましたが、夕方や夜はそうでもありませんでした。かつてそうした時間帯は、研究室で書き物をしたり、実験室で実験をなさったりしていらして、ときどき動物たちが先生に仕事をやめて本を読んでくださいとお願いしにやってくると、台所で声に出して本を読んでくださったりしたのでした。

長い時間眠る習慣は先生にはありませんでした。実のところ、ぼくは、夜おそく先生のもとを去ったあと、翌朝になっても先生がランプをまだつけたまま仕事をしていらっしゃるのを何度も見たものです。明らかに朝日が窓にかがやいていることに、気づいていらっしゃらないのでした。

ところが、今やすっかりようすが変わってしまいました。夕食のあと、きちんと大広間の寝室へおさがりになり、ぼくは、先生が何時間もお眠りにならないのを知っているので、先生に新聞を読んでさしあげたり、あれやこれやのおしゃべりをしたりして、夜ふかしをするのです。

先にもお話ししたとおり、先生みずから話題になさるまでは、月のことは質問しないように気をつけていました。この点でぼくは、がまん強いと思います。だって、先生がどうやって月の男から――そのほか何千ものことから――逃げだしていらしたのか知りたくてたまらないことぐらい、みなさんにもおわかりでしょう。

これまでのところ、先生は月の世界での最後の数か月のことについて、ほとんどなにもおっしゃっていませんでした。しかし、夕食後のおしゃべりで、おそかれ早かれ月の話になるのは自然な流れでした。そしてとうとう、ある晩、先生はお話しくださったのです。

「ところで、スタビンズ君」と、先生。「バンポ君はどうしたのかね？　私が地球を発つときには、ここにいただろう。今どこかね？」

「ぼくが月から帰ってきたときには、もういませんでした、先生」と、ぼく。「ぼくに宛ててマシューおじさんに手紙を預けていました。むかしの友だちに会いにオックスフォードに帰る、とありました。たぶん新しい勉強をしようというのでしょう。どれぐらい長くなるかは書いてありませんでした。でも、アフリカへ帰る前にかならず先生に会いにやってくると書いてありましたよ」

「ふむ、それはよかった」と、先生。「いいやつだ、バンポ王子は。最高の……。そうだ、そうだ。バンポ君がいなければ、私はどうしてよいかわからないときが何度もあったものだ。ところで、ねえ、スタビンズ君、巨大蛾が君を連れ帰ってくるのにどれほどの時間がかかったかおぼえているかね？」

「はっきりとはおぼえていません、先生」と、ぼくは答えました。「〝死の空間〟を通りすぎるとき、ひどく気分が悪くなって、めまいがして、なにがなんだかわからなくなったんです。それから、先生を月にひとりっきりでおいてきてしまったと心配で、ほかのことは考えている余裕がありませんでした。それに、時間をおぼえておくべきだとはわかっていませんでしたし」

「ふむ！」と、先生は考え深げにおっしゃいました。「君がおぼえていないのは、ざんねんだ。君の蛾と私のイナゴのスピードについて、ちょっとした計算をしたかったのだよ――帰り道についてね。しかし、君は私を月に残したことで、なにも悪いと思う理由はないのだ。君には、ほかにやりようがなかったのだからね。つまり、月の男オウソー・ブラッジは、君を追い払いたかったが、私のことはとどめておきたかった。地球に帰ることを月の男に納得してもらうのにひと苦労したよ。それは君が帰ったあとの話だが――」

ぼくは、先生の話の腰を折りました。おもしろい話になることはわかっていました。ついに先生がどうやって月から脱出したかという話をしてくださるのです。その話は、ぼくのほかに家のみんなも聞きたがっていました。

「失礼ですが、先生」と、ぼくは言いました。「動物たちを連れてきてもいいでしょうか。みんなも先生のお話が聞きたいと思うんです。ぼくが先生とわかれたあと、なにがあったのか、みんな知りたくてしかたがないんです。」

「おや、もちろんだとも」と、先生。「ぜひみんなを連れてきたまえ。実のところ、月で起こったことを君たちみんなに話さなければならんと思っていたのだよ。だが、月のことばをあまりに長いこと話してきたものだから、地球のことばを話すのがなんとなくおっくうになってしまっていてね。だが、もうだいじょうぶだから、なんとか話せると思うよ――つまり、私がゆっくり話すのでもかまわないなら、ということだが。」

「もちろんです、先生」と、ぼくは立ちあがりながら言いました。「わかっています。でも、どうぞ、おつかれが出ませんようにお願いしますね？　つかれたとお感じになったら、すぐにぼくらを追っ払ってください。」

先生はそうすると言ってくださったので、ぼくは台所へまわるためにお庭へとかけだしました。暗がりの芝生で、ちょうどドリトル先生にあいさつにやってきたマシュー・マグとぶつかりました。

「先生が、月からどうやって帰っていらっしゃったか話してくださるよ、マシューおじさん」と、ぼく。「聞きに来る？」

「あたぼうよ、トミー」と、マシュー。「でも、あの動物語でお話しになるんなら、おれにはちんぷんかんぷんだ。まあ、いいさ、あとで説明してくれ。とにかく、聞きのがしたくねえからな。ああ、行くともさ！」

それからぼくは走りつづけ、台所の大きな暖炉のまわりに動物たちが集まっているのを見つけました。そこには、チープサイドも遊びに来ていました。このスズメは、なつかしいドリトル先生の最新のニュースを聞くために、わざわざロンドンから「ひょいと顔を出し」に来たのです。ぼくらが長いあいだ聞きたがっていた話がついに聞けるよと教えてあげると、みんな、よろこびのさけび声をあげました。

　こうして、ふたりのお客さんもふくめて、その晩、大勢で先生を取り囲みました。ぼくは、えんぴつとノートを持ってきていました。数か月前から速記を習っていたのです。先生がお話しになるそばから、そのことばを書き取れるものか、試してみたくてしかたがなかったのでした。

「ああ！」と、ホワイティがお話を聞こうと席につきながら、おさえきれない興奮にくすくす笑ってささやきました。「トミー、これって、むかちとそっくりでちゅね！」

第二部

第一章　なぜドリトル先生は月にそんなに長く滞在したのか

「さて」と、先生は話しはじめました。「みんなが入ってくる前に、私はここにいるスタビンズ君に、月の男オウソー・ブラッジからはなれるのにとても苦労をしたと話していたんだ。しかし、みんな話を聞きたいだろうから、最初からはじめるのがよかろう――つまり、スタビンズ君が蛾に運ばれて、月からいなくなったところからだ。もちろん君たちもどうしてそうなったのかは知っているね。月の男は、月の世界のいたるところに鳥のスパイを放っていて、私がスタビンズ君のことを――というより、そのご両親のことを気にやんでいると聞きつけた。このいたずらぼうずのスタビンズ君は、ご両親に行き先も告げずに、私さえ気がつかないうちに蛾に乗りこんでいたのだよ。当然、ご両親はひどく心配なさっているだろうと私は心苦しく思った。ふっといなくなってしまったわけだからね。

ある晩、そのことを私たちがキャンプで話しているのを鳥のスパイが聞きつけて、オウソー・ブラッジに告げた。私はオウソーのリウマチの手当てをしていたから、彼は私を手放したくなかったようだ。スタビンズ君を地球に帰してしまったら、私は、もはや心配することもなくなり、よろこんで月にとどまると思ったわけだ。そこで、彼はこの子をさらって、私がそのことについてあれこれ言う間もないうちに、蛾に命じて地球へ送り出してしまった。

最初、それで私は正直かなりほっとした。帰りの旅は、きびしくつらいものであることはまちがいないが、安全になしとげられるということを私は知っていたし、蛾がもどってきてスタビンズ君をぶじに地球に送ってきたと報告したときは、ほんとうにうれしかった。ひとりぼっちになってしまったのはひどくざんねんだったし、もうれつにいそがしくしていなかったとしたら、月でずいぶんさみしい思いをしたことだろう。

あれほどおもしろい研究材料がいっぺんに出てきた年は、わが人生のなかでこれまでなかったと思う。おもしろすぎて、一日が短く感じられた。スタビンズ君と私とがまだ明らかにしていなかった月の未知の部分がたくさんあったのだ。新たに発見した湖には、ありとあらゆるふしぎな生物が水のなかに住んでいた。山の高いところでは、死火山の古いクレーターに、ずっとむかしに栄えたが今は絶滅してしまったほかの動物の化石を見つけた。それから、低いところには岩があった。地球の岩と比べれば、その岩から、月の正確な年齢が割り出せた。つまり、地球の一部を噴きとばして、地球のまわりをまわる月という小さな別世界を作りあげた、あの大きな爆発が起きたのはいつか、数千年単位で言うことができたのだ。」

先生はしばらくだまって、チーチーのほうをむきました。

「ところで、チーチー」と、先生。「月から帰ってきた今となっては、サルの歴史について私が書いた本の一章を書き直さなければならん。私が忘れるようだったら、思い出させてくれたまえ。」

「と、おっしゃいますと、ぼくが小さかったころ、おばあちゃんが話してくれたお話についてですか？」と、サルのチーチー。

「ああ、おぼえていまちゅ」と、ホワイティは、さけびました。「『月《ちゅき》がまだなかったころ』と言っていまちたね。」

「そのとおりだ」と、先生。「先史時代の画家である人間が、空に初めて月があらわれる前日に地球から打ちあげられたという伝説だ。それがお話にすぎないとしても、私はそのことを本に書いた。しかし、それは今や、ほぼ真実だとわかった――かわいそうなオウソー・ブラッジが恋をした美しい少女、ピッピティーパの伝説だ。そして、月の石を調べることで、サルの種族はほとんどの博物学者が考えていたよりもずっと古くからいるということがわかったのだ。」

「悲ちいでちゅ」と、ホワイティは考え深げに言いました。「ふたりがわかれわかれになるなんて。ひとりは地球に、ひとりは月にとどまったなんて、とても悲ちいロマンチュでちゅ。」

「そうではあるが」と、先生。「オウソー・ブラッジがあの大爆発で打ちあげられていなければ、月世界の生物たちは今日のような状態になかったということを忘れてはならん。月の生物たちを絶滅から救ったのはオウソーなのだ。この月世界でなにが起きようとしているのかわかるまで、長い時間がかかったそうだ。オウソーとともにとつぜん月に打ちあげられた先史時代の巨大動物――卵のまま打ちあげられた恐竜のようなものもいたが、そうした大型生物は、月の植物をものすごい速さで食べはじめたため、植物界全体が滅亡の危機に瀕《ひん》した。もっとものすごい速さと言ったって、わかってるだろうが何千年もかかっているわけだけどね。しかし、とうとうオウソーは、新たな環境に慣れ、これからどうすべきか考えはじめた。そのころはもう、オウソーは非常に大きくなっていた。そして、算数や天文学は得意ではなかったが、惑星や太陽や地球が宇宙で自分のまわりをまわっているのを見て、おそろしく長いあいだ生きてきたということにようやく気がついたのだ。」

「どれくらい？」と、ガブガブがたずねました。

「正確にはわからない」と、先生。「だが、人が地球でふつう生きられるよりも、何百倍も長いことだけはたしかだ。それは植物だけを食べてきたせいかもしれないし、もちろん気候や、重力の軽さや、あの新世界特有のなにかのせいだったかもしれない。月では、きちんと気をつけさえすれば、ほぼ永遠に生きられるように思えたと、オウソーは話してくれたのだ。」

ぼくは、このときマシューの耳に説明のことばをささやきました。マシューはうなずいて、わかったというふうに目くばせをして返しました。

「こうして」と、先生はつづけました。「オウソー・ブラッジは、動植物のあらゆる命がつづくように、自分がきちんと気をつけようと決心したのだ。まず、月全体を歩きまわって、どこもかしこも調べつくすまで何度も探検をした。ありとあらゆる動物、昆虫、木々、低木、植物の表をざっと作った。自分がどれくらい長く生きてきたか、そしてこれからまだどれぐらい長く生きられそうかを知っていたため、急ぐ必要はないと感じて、完璧《かんぺき》にやってのけたんだ。」

「ふーむ！　やつも博物学者だったにちげえねえ」と、チープサイドが口をはさみました。

「そう、たしかに博物学者だったのだ」と、先生。「クモザル島で出会ったロング・アローと同じように、とても偉大な博物学者だった。私たちのように科学というものを用いずに、ものすごい量の情報を集めて、それをあつかうのにすばらしい常識を働かせたのだ。とにかく、あらゆる動植物——つまり、当時生きていたすべてのもの——

ーを表にしてから、オウソーは仕事にとりかかった。次に、それぞれがなにを食べて生きているか、どれほどの食料が必要かを見いだした。」

「そういったことをオウソーは自分で先生に話したんですか？」トートーは、たずねました。

「そうだ」と、先生。「だが、私がマシューと話すような楽な会話はできなかったということを忘れないでくれたまえよ。いや、とんでもない。そんなふうに――なんと言うか――正確な会話はできない。オウソー・ブラッジが先史時代に地球の仲間とどんなことばで話していたにせよ、私と出会ったときには、もうすっかりそのことばを忘れていたんだ。結局のところ、何千年ものあいだ話し相手となる人間がひとりもいなかったのだから、おぼえていられるはずがないのだよ。」

「それで、どうやって先生と話ができたのですか？」と、ジップ。

「たいていは動物語だ」と、先生。「というのも、月のさまざまな生物を何年も何年も観察したり、数えたり、見守ったり、調べたりしているあいだに、月の男は動物がたがいに会話ができると気づいたんだ。そこでさっそく、動物たちが話をするさまざまな方法を少しずつ学びはじめた――身ぶり、音、動きなどだ。どれくらいの時間がかかったか、私にはわからん。質問をしていてとてもむずかしいのはそこのところだ――時間の長さ、物の量、数といった、実際、数に関するあらゆることを月の男はあまりはっきり考えず、ぼうっとしかとらえていなかったのだ。ほかのことではとてもかしこいのだから、ふしぎなことだがね。」

「でも、先生」と、トートー。「それは月の男があまりに長く生きてきたからではありませんか？」

「まさにそのとおりだ」と、ドリトル先生。「われわれの人生の何百倍も生きてきたのだ。だから言ってみれば、あの男の頭や経験は——そのう、何百もの人間がひとりになったようなものなのだよ。私の言うことがわかるかな。そしてまた、月で生きのこるには、注意すべきことがらもかぎられていた。月の生き物というのはとても単純なのだ——地球のように人間がいてめんどうなことにしたり——そのう、ほら、ややこしく、やりにくく、ごちゃごちゃにしたりしないからね。」

「月の動物のことばは、地球の動物のことばと似てるの？」と、ガブガブ。

「似ているところもあれば、そうでないところもある」と、先生。「もちろん、どれも地球の生物のことばから派生しているのだ。しかし、あまりにも月に長くいたため、鳥やけものたちの話しかたが変わっていた。もちろん、私が動物語を知っていたことで、大いに会話の助けとなった。しかし、最初はひどくたいへんだったよ。ことばや言いまわしが、ほとんどすっかり変わっていたんだ。話しかただけが変わらなかった。

つまり、オウソー・ブラッジはものすごくがんばったということがわかる。そもそも博物学の勉強もしていないのに、ハチのような虫が植物界で果たす重要な役割を発見したのだから。あの男はなにもかも知っていた。虫のことばを、ゲンゴロウにいたるまでよく知っていた──私よりもはるかにずっとよく知っていたのだから、おどろくべきことだ。それから、今度は植物界のことばを習いはじめた。」

「野菜のことば！」ガブガブが、さけびました。

「いや」と、先生。「ジャガイモや、ニンジンのことばというわけではない。そういったものは月にはないからね。『植物界』という言いかたは、地面から生えているすべて──木々や花やつる植物──のことを指す。オウソー・ブラッジは、この分野の研究で最初の発見をした博物学者なのだ。私は何年も前に、この地球の植物がたがいに話をするんじゃないかと思ったことがある。今もそう思っているがね。

月では、動物界がずっと小さく、地球とまったくちがった状況にあるため、ある種《しゅ》の木々や植物は、自分たちのことばを生みだし、発展させたのだ。つまり、この地球では、私たちは常に種をかけあわせている──ちがう種類のダリアを交配して新種を作ったり、くだものの木に接ぎ木をしたり、ラズベリーの茎にバラのつぼみをくっつけて、ラズベリーの根でバラを育てたりさえする。これを異種混合《ハイブリッド》という。そうしたものが、なんのことばを話せばいいかわかると思うかね。かわいそうに自分がラズベリーなのかバラなのかさえわからんのだ！」

「うん、そりゃわからねえだろうな。」チープサイドが、話にくちばしをつっこみました。

「しかし、月では」と、先生。「何千年ものあいだ、人間の手が入って交配させられることもなく、植物たちだけの世界があって、自分たちで物事を自由に決めることができた。そして、オウソー・ブラッジは、自分の計画を考えぬいて、やってみることにした。だれかの自由のじゃまになるようなことをしたくないと思ったオウソーは、植物がおたがいの自由のじゃまにならないようにした。けんかをしないように、殺しあわないようにしたんだ。けんかをしないようにした。私が月に着いたとき、動植物たちの関係はすっかりうまくいっていた。そこまでいくには、おそろしくたいへんだったと思うが、月の男自身が、ほかの人間にじゃまされなかったということも忘れてはならない。そんなことが地球で起こりうるかどうか、とても疑問だね。月が地球よりもずっと小さくて、まとめやすかったということもまた、重要なポイントだ。最初、自分の計画を動物や虫や植物に説明したとき、賛成しなかった者も大勢いたのだそうだ。」

「じゃ、そういう連中は、今までどおり、けんかしたり、たがいに食べあったりしてたの？」ガブガブが、たずねました。

「そうだ」と、先生。「しかし、大きさがどうあれ、どのような世界もみんな力を合わせなければならない。そしてほかの者の安全に手を貸さない連中は、やがて自分たちがまずいことになると身をもって知ることになる――数で押しのけられたり、食べるものがなくなったりしてね。

その後、オウソーは、議会というものを作ろうとした。国会や委員会のようなものだ。動物界と植物界のメンバーがそこに参加する。月の生活に影響を与えることはすべてそこで決められるのだ。この議会ではだれでも立ちあがって意見を述べたり、忠告をしたり、不平を訴えたりすることができる。月の男オウソー・ブラッジが議長だ。しばらくして、みんなはオウソーの言うとおりだとわかった。議長は頭がよいということがはっきりしたんだ。みんなは、しあわせに――けんかをせずに、今まで以上にしあわせに――暮らせるように、オウソーを指導者として、そして案内人として、きちんとバランスのとれた新世界を打ち立てることにしたのだ。」

第二章　博物学者の天国

「そういうわけで」と、先生はつづけました。「スタビンズ君がいなくなったあと、長いあいだ、私はこのふしぎな新しい国について、いろいろなことを学びとるのにとてもいそがしくしていた。夢中になったよ。こんなものは見たことがなかったからね。月の男がすでに多くのことをなしとげていたが、私にもやるべきことが多くあるとすぐにわかったのだ。そんなことを言ってうぬぼれていると思わないでくれたまえよ。それにこの、月と同じぐらい歳をとって経験をつんだ月の男は、とてもつつましやかな、おとなしい人だとわかった。だが、私には月の男にはない科学の心があった。自分の経験やほかの者の経験をもとに、推論をしたり、理屈で考えるのに慣れていたし、人間の歴史、地質学的歴史、博物学といった知識も目いっぱい使えた。

それに、オウソー・ブラッジに科学的かつ医学的忠告をして助けてあげようと思っただけでなく、この新しい生きかたを、わがふるさと、地球にあてはめることはできないものかと考えるようになっていた。そのことは、またあとで話そう。だが、月での生活を考えるうえで、私がまず注目したのは、月の食事だ。」

「ああ！」と、ガブガブが姿勢を正しました。

「カボチャの仲間──メロン、ひょうたん、うり、ヘチマ、カボチャ、キュウリなど──が、たくさんあった。たいていは食べられるものだが、熟した実を取って食べたあと、その種のひとつを取っておかなければならなかった。それが議会が決めた法律だったのだ。

もう一度オウソーに質問しながら、そして、のちには月の生物と直接話しながら、月のカボチャの仲間には、食べると体がひどく大きくなるものがあると知った。単に肉がつくというのではなく、体全体、骨からなにから大きく、高く、太くなるんだ。気をつけないと巨人になってしまう。月の生物で地球にいたときと同じ大きさのままでいるものは、ごくわずかだということは明白だった。月ではある程度大きくなることはしかたがないことなのだ。あわれな月の男自身、巨人になったし、いつまでも巨人のままだ。だが、かつては、私が会ったときよりも、さらに大きかったこともあるのだという。食べ物のなかには、ほかのものよりも体を大きくするものがあった。スタビンズ君と私は、月に着いて最初の数週間は、豆の木のようにぐんぐんのびたものだ。もっともオウソーは、私にあとで、できるかぎり体を小さくするのによい食べ物の表をくれたけどね。

次に私は、注意を月の生物の寿命にむけた。これは非常におもしろかったが、年齢についてははっきりした情報を得ようとしても、わからないことが多かった。何週間も研究をつづけていくうちに、私は、月で私が目にした生物はどのようなものであれ何千年も変わらずにいるのだという結論に達した。〝ささやくつる草〟や〝歌う木〟のような、ある種類のものは、ほかの生物よりもずっと歳をとっていた。

かなり長いあいだ、大いにゆかいな時間をすごした。『地球に帰らなくてもいいのではないか？　ここは博物学者の天国だ。オウソー・ブラッジがここでやったことに自分の科学的知識をくわえるだけで、毎日がいそがしくすぎていく。しかも、これ以上よい仕事があるだろうか？　月の男を健康にし、リウマチになったら治してやり、そうやってつづけていけばいいだけだ。なにを心配することがあろう？　ひょっとするとジョン・ドリトルよ、私自身、永遠に生きることになるかもしれないぞ——いや、とにかく月がつづくかぎり長く——それは、これから先何千年にもなるかもしれない。』そんなことを、私は考えたのだ。

だが、しばらくして、あることが気になりだした。とても、とても気になったのだ。そのことについて、私はノートをとりはじめた。ついでの話といってはなんだが、スタビンズ君、ノートをとることについては、君がいなくてとても苦労したよ。君はとても長いこと、私の代わりにノートをとってくれていたからねえ。だが、ここにいるポリネシアが、わたしを救ってくれた。」

「どうやって？　ポリネシアはノートをとれないでしょ。」ガブガブが、ぶうぶう言いました。

「そうだ」と、先生は笑いました。「だが、ポリネシアには、どんなノートよりもすぐれた記憶力がある。まるで郵便箱に手紙を入れるようなものだ。実験の最中に、ポリネシアにあることをおぼえておいてくれと言っておいて、あとでそのことをたずねると、いつだってその情報を頭のなかからひょいと出してくれるんだ。ポリネシアがいなかったら、私はどうしたらよいかわからないね。」

ポリネシアは少し気どって片目で天井を見つめ、二度ほど頭をひねって、先生にほめられてうれしいことをごまかそうとしていました。それから、ポリネシアは、ため息をついて言いました。

「まあ、そうだね、そこんところがオウムと人間のちがいっていうのかね。人間は歳をとると、子ども時代のことを――ずっとむかしのことを――かなりはっきり思い出すっていうけど、ついきのう起こったこととか、最近のできごとは、ちっとも思い出せませんからね。先生は、月で長生きできるっておっしゃるけど、あたしゃどうなるのかねえ？　あたしゃ百八十歳ですよ。いや、百九十歳かもしれませんけどね。これから先どれほど生きられるか、わかりゃしません。たぶん、まだ子どもなのかもしれませんよ。だからノートをとるみたいに物をおぼえていられるのかもしれない。とにかく、あたしがイギリスでナラの木にかくれたチャールズ王に会ったとき、王さまはどれだけの兵隊から追われているか、数えようとしてた――ものすごくおびえて、ひとりごとを言ってたわけさ。それで、あたしゃ――まあ、そんなこと、どうでもいいね。話の腰を折るんじゃなかったわ、先生。お話をつづけてください。」

「私が注意を向けたのは」と、先生はおっしゃいました。「統制のとれた、とどこおりなく運営されているこの世界が、どれほど地球でもまねできるだろうかということだった。その思いは、考えれば考えるほど強くなった。いつも――私が人間の医者をしていて、人間の病気を診ていたときも――博物学が私の趣味だった。つまり、動物、昆虫、植物、木々、化石、岩石を調べるという趣味こそが、私の生活となったのだ。だが、博物学を研究する者は、おそかれ早かれすべての生命はこの地球では敗北を喫するとおそれることになる。」

「失礼《ちちゅれい》でちゅが、先生《ちえんちぇい》」と、ホワイティ。「おっちゃっていることがわかりまちぇん。」

「生き物が生き物を殺しつづけているということだよ」と、先生。「わからんかね？ハエは魚にのみこまれる。魚はアヒルに食べられる。アヒルはキツネに食われる。キツネはオオカミに殺される。オオカミは人間に撃たれる。そして、人間は――われわれの世界で頂点に立っている唯一の動物は――戦争でたがいを殺しあうのだ。」

短い沈黙がありました。ダブダブは、ナプキンやカバーの山をひっくり返して、ちぎれたり穴があいたりしていないか、たしかめていました。いつも仕事に追われている家政婦のダブダブは、話を聞くときでさえ、いそがしく手を動かしていたのです。

「そのことについては、私、先生に意見させていただきました」と、ダブダブは静かに言いました。「ずっとむかしに、先生がイエバエの館をはじめようとなさったときに。」

「そうだった、そうだった」と、先生は、まゆをひそめて考え深そうに言いました。「私の考えは、イエバエに自分たちの家を与えて、砂糖とかでいっぱいにしてやれば、人間の家にちょっかいを出さないのではないかというものだった。それはうまくいかなかった。イエバエは、砂糖をぜんぶ食いつくして、私の家にもどってきてしまった。だが、そういうことだよ、ホワイティ、私の言いたいのは。うまくいかんのだ。地球である種の生き物を救おうとする博物学者は、結局はほかのなんらかの生き物から食い物をうばってしまう――あるいは、ほかの生き物が生きていけないようにしてしまう――と、わかるんだ。私はイエバエがいやだというわけじゃない――書き物をしようとするときに、首のうしろをくすぐられるのはこまるが。医者として、イエバエは病原菌を運んでいることも知っている。だが、イエバエにはそんなつもりはないんだ。われわれ同様、自分たちの生活を送っているにすぎない。」

「害虫です」と、ダブダブは、つくろいが必要なナプキンを別によりわけながら言いました。

「ああ、それはそうだ」と、先生。「だが、どこかにいいところもあるはずだ。なかなか見つけられんがね。しかし、どんな生き物もほかの生き物のじゃまにならずに、きちんとした方針にしたがってまとめられた世界を見ると、そうしたアイデアがこの地球でもはじめられないかと思うのは自然だろう？　だからこそ私は大量のノートをとってきたのだよ。スタビンズ君、私の荷物のほとんどが、シュロの葉の紙のたばのは、そのためだ。そうしたノートをもとに私は本を書こうと思っている。」

「その時間はたっぷりありますよ、先生」と、ダブダブは、ため息をつきました。そして革ばりのいすにかけるウールのカバーが虫食いで穴だらけになったのを広げながら、「虫に食われてるわ！」と怒りの声をあげ、わきへほうり投げました。

第三章　オウソー・ブラッジにつかまった先生

「そうこうするうちも」と、先生は話をつづけました。「月の男はしょっちゅう私を呼び出しては、リウマチの手当てをしてもらいたがるようになった。私は、間に合わせの研究室のようなものを自分用に作った。もちろん薬品はあまりなかったがね。私が持っていた薬は、例の小さな黒い診察かばんに入れてきたものだけだった。だが、キニーネ、亜鉛華軟膏《なんこう》を作るための亜鉛など、役に立つ薬や物質を木々や岩からたくさん取り出すことができた。

さて、私の研究室はとても粗末で、きちんとしたものではなかったが、やがて月の男の病気にどう対処すればよいのかわかった。第一に、でんぷんをとりすぎていたのだ。私は食生活を変えさせて、薬を調合してあげた。私の言ったとおりにしていれば、男の調子はよかった。実際のところ、月の食べ物が人体にどのような影響を与えるか、最後は月の男よりもよくわかるようになったと思うね。

男が特に好物としていた特別なメロンがあった。ゴイゴイという名だ。これがいけなかった。それを食べないように言ったのだが、子どものように――あの男には子どもっぽいところが多かった――どうしても食べたがるのだ。とうとう、私はとてもきびしい態度に出た。さわってもいけないと命じたのだ。月の男はさわらないと約束したが、次にリウマチのことで私が呼ばれたときに、あたりに皮がちらかっていたので、またゴイゴイを食べていたとわかったよ。

ちょうどそのころ私は、月ではとてもうまくいっている平和な生活や、長生きや、食生活についてのかしこいアイデアを地球に伝えられないかと考えているところだった。そうしたアイデアが、地球の人間にも、少しは役に立つはずだと思ったのだ。私は少しホームシックにかかっていたのだろうと思う。とにかく、この地球に帰って、そうしたアイデアを実験したくてたまらなくなったのだ。

そこで、六度めか七度めにオウソーが私を治療のために呼び出したとき――そしてふたたび、食べてはいけないゴイゴイを食べているのを見つけて――私が月にとどまっていることに果たしてどれほど意味があるのかと思いはじめた。特に、月の四季についての観察をほとんど終えかけていたので、なおさらそう感じたのだ。月というのは、みんなも知ってのとおり、約ひと月かかって地球のまわりを小さな軌道でぐるりとまわる。地球は月をともなって、一年かけて太陽のまわりを大きな軌道でまわる。地球にくっついて動く月は、その長い旅路のうちに、月自身だけでなく、地球の四季の変化による効果や違いを示すはずだ。私は春分点と秋分点において月がどうなっているかを観察したかったのだ。そのためには、もちろん、月に一年間ずっといなければならなかった。その一年がもうすぐ終わろうとしていたのだ。

　そろそろ潮時だと思った。このときには、月の男オウソー・ブラッジの病気は、かなりひどくなっていた。どんなに薬を与えても、ゴイゴイを食べつづけるかぎり、結局のところなんの効果もないということが私にはわかった。

　そこで、私はさらにきびしくした。説教をしたのだ。『言うことを聞かないなら、なにもしてあげられない。いずれにせよ、私はもうまもなく地球に帰らなければならない。私は仲間にけむりの合図を出す約束をした——君が私のために蛾を送ったときに起こした合図と同じだ——それが私の帰国の合図だ。私が帰る時がきたら、君にはできるかぎり手伝ってもらいたい。結局のところ、月にまで私を呼びよせたのは君なのだから。手伝うくらいのことはしてくれるのが当然だろう。』

　オウソーはなにも言わなかった。だが、私の考えがまったく気に入っていないことはすぐわかった。私は小さな薬びんを与えて、自分の研究とノートつけにもどった。鳥のスパイたちがまた私を見張っているとポリネシアが教えてくれたが、なぜオウソー・ブラッジがそんなことをするのか私にはわからなかった。オウソーの許可と助けがないかぎり、私が月から出ていくことなどできないからだ。しかし、かしこいオウムのポリネシアは――ほんとに、ポリネシアがいなかったら私はどうしていたかわからないよ――ポリネシアは、スパイをスパイしはじめたのだ。そして、そのおかげで、むこうが私の行動についてわかるのと同じように、こちらもオウソーの行動がわかるようになった。しかしながら、私は月の季節の観察でいそがしかったので、とりあえずほかのことにかまっているひまはなかった。

とうとう一年がたち、私のノートは完成した。とてもうれしかったよ。月の季節を、実際に月に滞在して一年間観察した人はいまだかつていなかったのだからね。温度や、日光や、地球の光が、動物や植物や気圧や雨やそのほかいろんなことにどのような影響を与えるかということについて、数えきれないほどノートをとったのだ。そうしたノートの最後をしまって荷造りしているところへ、月の男の具合がよくないので診に来てくれとの伝言があった。

今度は、私は、きびしく言うだけではすまないと思っていた。断固たる態度を示すときが来たのだ。薬を与え、オウソーがふたたび元気になるまでいく晩かいっしょにいてあげてから、こう言った。『いいかね、オウソー・ブラッジ君。私は地球に帰りたいのだ。今すぐ、行きたい。ここで私がやれることはやった。合図をあげて私が帰る手伝いをしてくれんかね？』ふたたび、オウソーはすぐに返事をしなかった――口をきく前に長く考えこむことはよくあることだった。とうとう、オウソーはこう言った。『いいえ、ドリトル先生。先生を帰すつもりはありません。私には先生が必要なのです！』

私はあきれて、ものも言えなかった。私のたのみに応じないなんて思ってもみなかったからだ――なぜそう思わなかったのか、わからないが。まず、私は話し合ってみようとしてみた。地球に帰らせないなんていかに不公平か説明したのだ。月まで私を連れてきたのはオウソーであり、それもそちらの勝手でそうしたのだということを思い出してもらった。そうしても、オウソーにはなんの効果もなかった。そこで私は怒ってしまった。だが、それも役に立たなかった。オウソーはなんとしても私を手放すまいと決めていたのだ。私は、彼を残してその場をたち去ったが、ほとほとこまりはてたよ。

それから何週間か、私は月のあちこちをぶらぶらと歩きながら、どうしたものかと考えていた。しかし、考えれば考えるほど、オウソーを説得するのはむずかしいように思えた。こうなると、まるで、私の好むと好まざるとにかかわらず、永遠に月の住民となる運命のようだった。いろいろな計画を考えていたのに、ほんとうに万事休すだった。

そうこうしているうちに、ある日、ポリネシアがあることを思いついた。オウソー・ブラッジは私を――ポリネシア自身やチーチーもいっしょに――月の囚人とすることはもちろんできるけれど、私がその気にならなければ、オウソーの手当てをさせることはできないと言ったのだ。これは、なかなか筋が通ったことのように思えた。そこで、その次に月の男がリウマチでつらいと私に言ってよこしたとき、私は出かけていくのをことわった。

もう一度、伝言が来た。とても具合が悪いという。そして、もう一度私は、そちらが私を助けるつもりがないなら、私も君を助けないと言って返してやった。だが、むこうは、私と同じぐらいがんこなようだった。それきり伝言はこなくなった。

そのうち、正直なところ、心配になってきた。オウソー・ブラッジが死んでしまったらどうしよう？　いや、私が帰国するチャンスがなくなるのではないかと心配したのではない。私は月の鳥や虫を大勢めんどうを見て、連中がときおりかかったいろんな病気を治してやったのだ。ポリネシアが言うには、月の男がじゃまをしなくなり、動物たちが月の男の命令にしたがわなくてもだいじょうぶになれば、動物たちはよろこんでなんでも――地球に私を送り返すことさえ――してくれるだろうとのことだった。しかし――いったん医者となれば、いつだって医者なのだ。どんな医者も、自分の手当てでだれかの命を助けられるとわかっているとき――しかもほかに医者がいないとき――知らんぷりをして、助けないではいられないのだ。

もし月の男がもっと伝言をよこしていたら、私もちがった行動をとっただろう。でも、伝言はこなかった。それは最悪だった。うんともすんとも言ってこなかったのだ。あの日、われわれ——ポリネシアとチーチーと私——は、月のずっと遠くのほうまでキャンプ地を移動していた。地球からは見えない月の裏側だ。私は、〝歌う木〟たちの音楽を研究しているところだった。この音楽のハーモニーの問題点を明らかにしたくてたまらなかったのだ。

ところが、木々は、ふっと歌わなくなってしまった。そのころには木のことばもわかるようになっていたので、どうしてかたずねてみた。木々はなにも言おうとしなかった。ただ、だまったままなのだ。〝ささやくつる草〟も同じだった。オウソーのためにスパイをしていた鳥たちは消えてしまった。私はハチなどの虫たちと話をしてみようとしたが、やはりなにも教えてくれない。私はどんどん心配になった。月の生き物すべてが、口をきくまいと決めたかのようだった。なんだか、いやあな感じだった。ひょっとしてオウソー・ブラッジが死ぬと思って、みんな息をひそめているのではないか——今にもそのときがやってくるのではないか——と、私は考えはじめた。

とうとう、がまんできなくなってしまった。どんな人間にもなしとげられなかったことをやってのけたオウソーを死なせてしまうとしたら、私は決して自分をゆるせないだろうとわかっていたのだ。私はベッドに横になり、寝返りを打ちながら、寝ようとしていたが、とびあがって、『ポリネシア』とさけんだ。『あの男のところへ行くぞ。

行かなきゃ！』ポリネシアはスウェーデン語でののしっただけで、私を止めようとはしなかった。

道は長かった。私は診察かばんに薬をつめて、ひとりでキャンプをあとにした。地球がのぼってくればその光で明るくなるので、先に進めるようになるとわかっていた。生まれてこのかた、あんなに急いだことはない。何時間かかったのか、わからない。私がひどくおそれていたのは、間に合わないのではないかということだった。とうとう月の表側——地球から見える側——へと出てくると、旅は楽になり、私は走りだした。やがて、遠くにオウソーの小屋が見えた。小屋と言っても、ほんとうのところは、大きな葉でできた巨大な家だ。そこには、鳥や虫や動物たちの群れが集まっていて——みんな、地球のうす明かりのなかで、じっと静かにしていた。私はそれをかきわけて、なかへ入った。オウソー・ブラッジは目をとじてベッドに横になっていた。」

第四章　月の紳士

「私は、オウソーのまくらもとへ急いだ。『オウソー、オウソー！』と、私はさけんだ。彼は動かなかった。意識がなかったのだ。脈をとってみると、速くてみだれていた。私は、かばんから体温計を取り出した。体温は高く――高すぎた。リウマチが悪化したのだ――おそらく、リウマチ熱かもしれない。

私は何時間も手当てをした。体温をすぐにさげないと、それだけで死んでしまうかもしれないとわかっていた。冷水に大きな葉をひたしては、体じゅうにはりつけて、体をあおぎ、何度か体温をさげることに成功した。彼の命を救うべく、ちょうど間に合ったのだと私は気がついた。

今ふり返ってみると、おかしなことだが、私はそこで、自分を囚人にしようとしていた男の命を救おうとして、奴隷のように働いていたのだ！　でも、そのときは、そんなことは考えていなかった。ただ私の心を満たしていた唯一の思いは、私は、医者として、彼を死なせないように、ありとあらゆる手をつくさなければならないということだけだった。

皮下注射で強心剤を打つと、とうとうオウソーの意識がもどった。弱々しく目を開き、私を見た。なにも言わなかった。私がだれだかわかると、ふしぎな、はじるような表情がその顔に浮かんだ。助けようとがんばっているのが私だとわかったのだ。やがてオウソーは静かな眠りに落ちた。また脈を計ってみた。まだ速かったが、さっきよりずっとよくなっていて、かなり落ち着いていた。最悪の事態はさけられたのだ。オウソーが目をさましたらすぐに呼ぶようにと一羽の鳥に言いつけて、小屋の床にまるくなって、少し眠ることにした。うとうとしながら、この数時間で初めてほっとできたと感じていた。

どれぐらいつきそっていたか、わからない。たぶん三、四日だろう。そのあいだじゅう、オウソーは口をきかなかった。ついに私が立ち去ろうとしたときには、オウソーはだいぶ元気になっていたが、まだ弱っていた。私はいつものとおり、なにをすべきか指示を出した。それはもう何度も聞かせてきたことだったので、今さら言うまでもないことだった。私は、診察かばんをとじて、あいたドアにむかって外へ出て行こうとした。

美しい月の景色には太陽がかがやいていた。スタビンズ君、月の景色がどんなふうに見えるか、君は知っているね――夢を見ているような神秘的な感じで山々がつづき、ふしぎな緑っぽい光を放つ死火山がある。私は小屋から出ていく前に、立ちどまって、その光景をながめていた。『どうやら、ジョン・ドリトルよ』と、私は自分に語りかけた。『おまえは、大ばか者だな。だが、おまえは若いときに医者になろうと決めたのであり、これがその代償だ。おまえは、一生、この世界で囚われ人となるのだ。この景色を、死ぬまで見つづけるのだ。まあ、それ以外にしようがないことだ。なるようになるしかない。』

私は戸口をまたいで、外へ出た。そのとき、小屋のなかから、さけび声が聞こえた。月の男が、何日かぶりに、私に話しかけていたのだ。私はむきを変えて、まくらもとへ行った。

オウソーは起きあがろうとしていた。『よしよし』と、私は言った。『落ち着いて、休みなさい。私は明日、またようすを見にやってくるから。』オウソーは、おそろしく弱々しいようすで、ふたたび横になったので、私はほんとうに立ち去ってよいだろうかと不安になった。また脈を診てみたが、正常だった。それからふいにオウソーがありとあらゆることばをごちゃまぜにしながら、どっと話しはじめたので、なにを言おうとしているのか、ついていくのに私は苦労した。

『頭がぼんやりしているんです』と、オウソーはささやいた。『でも、先生は、先生の得にはなにひとつならないのに、私の命を救ってくださった――そのことを言いたかった……眠っていたあいだに、月ができる前に起こったことを思い出したような気がします。私はとても長いこと、人間とつきあってこなかった……でも、おぼえています――そう、ずっとずっとむかしに、私が地球にいたころのことをおぼえています。人間がおたがいにどうふるまっていたかをおぼえています……あなたは――そのう――いわゆる、まさに真の友だちです。そうではありませんか、ジョン・ドリトル先生？……だから、あなたがご自分の世界へ帰りたいと思うときは、私はなんなりとお手伝いをしたいということをお伝えしたかった……あなたは好きなところへお出でになってよいのです――どこへでも。』」

先生は、ちょっと沈黙しました。

「私のおどろきは、想像がつくだろう。一瞬前までは、自分が一生、月の囚人だと思っていたのだ――もう二度と地球も、パドルビーも、友だちも、家も、見ることができないとあきらめていた。ところが今や自由となった。とつぜん、月の男に対して抱いていた不親切な思いがすっとなくなった。私が思っていた以上に、彼は偉大で、大きな人物だと認めざるを得なかった。地球のなにかの思い出のせいで、彼はこの決意にいたったのだ。そして、彼を助けに私がやってきたこと――私が地球へ帰るチャンスをだめにしてしまいかねないまさにその行為が、私にとっては逆に働いたのだ。私は自由となったのだ！

それから、ふいに私は気がついた――月の男は、医者としての私の助けを必要としていただけでなく、まるっきり子どものような思いで、私にいっしょにいてほしかったということを。しばらく私は返事をしなかった。『あなたは好きなところへ行ってよい』というそのことばを、この人がどんな思いで言ったのかを、いくどもいくどもくり返し考えていたのだ。何千年もたったあとようやく得た人間の友だちを、彼は今、あきらめようとしているのだ。そう思うと、私は、しばらく口をきくことができなかった。

とうとう私は言った。『もし君が私の言うとおりにするなら、君が今後どれほど長く生きるかだれにもわからない――おそらくは、何千年も生きることだろう。私は地球に帰ったら、本を書くつもりだ。月についての本をね――そして、君のことも、その本の大部分をしめることになるだろう。地球の人々は、君も知ってのとおり、〝月の男〟の話をしてきたが、私が書いた本を人々が読んだら、〝月の紳士〟と言うようになるだろう。オウソー・ブラッジ君、君は単に偉大な男であるのみならず、私の知っているなかでも最高の本物の紳士だということを、人々に知らしめようじゃないか。』

そして、私は立ち去って、自分のキャンプにもどった。

もう少し話しておくべきことがある。次に私が月の男をたずねたとき、もう立ちあがって歩きまわれるようになっていた。約束は守ってくれたよ。けむりの合図のためのたきぎをあっという間に用意してくれた。何千もの鳥たちに手伝ってもらったんだ。みんな、男がかつて合図を出したときに使った、あの爆発性の木の棒や枝を運んできてくれたのだ。私がアフリカの鳥たちに手伝ってもらって、湖に石を落として島を作ったときのことを思い出したよ。それにしても、地球から見えるほど大きなけむりをあげるためのたきぎを集めるのだから、月の鳥たちにとっては、たいへんな仕事だった。

それが終わったころに、私は手もとにあった天文暦で、あと十日ほどで日食が起こることをたまたま発見したのだ。これはとても興味深かった。ひとつには、ぜひ一度、月から日食を見て、昼間にあらわれたほかの惑星がどのように見えるのか知りたかったということもあるが、もうひとつには、月が少しでもかげになっていたほうが、合図がはっきりと見えると思ったからだ。

そこで私はオウソーに、日食がはじまるまで大かがり火をつけるのを待ってくれるようにたのんだ。オウソー自身、日食にはとても興味を持ち、どうやってある特定の日の特定の時間に日食になると計算できるのか知りたがった。オウソーは、ふたつのかがり火を用意して、別々に火をつけることで、少なくとも一方は見えるようにしたほうがいいだろうと提案した。スタビンズ君、蛾が地球にやってきたあとに月から出た合図は、われわれがたまたま月を見あげて見つけた合図より前にいくつも出していたのだと、そのときわかったのだよ。

それから、私がどんな生き物に乗っていくかという問題になった。私はそのころにはずいぶん大きくなっていたからね。しかも、私が持っていこうとしていた荷物はかなりの重さになっていた。巨大蛾で飛行練習をしてみたところ、積荷の重さで地面から飛びたつことができなかった。そこで、ほかのなにかに代わってもらわざるをえなかった。

鳥は問題外だった。地球では虫よりも鳥のほうが大きいものだが、月では鳥のほうが小さいのだ——やはり食べ物のせいだろう。しかも、鳥のほうが虫よりも空気が必要だ——呼吸器がちがうせいだ。月と地球とのあいだの飛行には、ものすごいがんばりが必要で、とてもつらい仕事だ。ほとんど空気のない〝死の空間〟を通りぬけるのは、ほかの動物よりも、飛ぶ昆虫にむいている。鳥には、どんなにつばさが大きくても、むりだろう。

さて、何回か実験をしたあと、オウソーと私は巨大イナゴを試してみることにした。みんな、巨大イナゴがいかにすごいか見ただろう。飛びかたもとても変わっていて、キリギリスやセミやカマキリとはぜんぜんちがう。イナゴは、鳥のように、そして虫のように飛ぶ。一秒あたりの羽のはばたきの速さは、鳥もイナゴも似たりよったりだ。

そのことについてはメモもとってある。

とにかく、われわれは荷物といっしょにこの巨大イナゴに乗って、テスト飛行をしてみた。すると、巨大イナゴはその重さをかんたんに持ちあげた――ただし、月の重力の世界では、だがね。地球の重力の世界でも同じようにできるかどうかはわからない。だが、それはまあ、あまり問題ではない。地球に近づいたら、あとはただ落ちるだけだからね。しかも、帰りは荷物がない。自分の体の重さだけになる。」

第五章　さようなら

「いよいよ日食がはじまるときになると、ずいぶんたくさんの見物客が集まってきた。私は、日食が一番よく見える場所を月面上で正確に——かなり正確に——割りだしていた。集まった見物客を見ると、どうやら月のすべての生き物がいるようだった。もちろん、そんなことはありえない。だが、そう見えたんだ。あれほどものすごい数の生き物を見たことはない——郵便局を作るためにアフリカの海岸沖の無人島に動物を集めて、動物文字の授業をしたときでさえ、そんなにはいなかった。

だが、この群衆は日食を見に集まっただけではなかった。私を見送りに来ていたのだ。私が病気を治してあげたことをありがたがっている動物たちもいて、大勢がプレゼントを持ってきてくれていた。食べ物とかそういったものだ。感謝の気持ちを示したかったのだね。とても感動したよ。できるかぎりお礼を言って、さようならを言って、幸運を祈った。月の男は、合図のかがり火をつけると言ってくれた。たくさんの爆発物に火をつけるのだから、危険な仕事だった。そして、大またで速く走れる月の男だけが、けがをせずにそれをやりとげることのできる唯一の存在だったのだ。

私が予告したまさにその時刻に、大きな影が地球にかかりはじめ、月を照らす光が暗くなってきた。見物客は大いに感激していた。私が日食を起こしていて、自分の都合にあわせてわざと地球を暗くしているのだと思う者も多かったようだ。

かがり火がたかれ、数分の時間差で、ものすごいけむりの柱があちこちからたちのぼった。あの爆発性の木から出るけむりは、われわれのまわりをうねり、だれもがむせて、咳《せき》をしていた。とうとう、けむりはなくなった。少なくとも合図のひとつは地球で目撃されていることを祈った。

それはとても印象的な場面だった。われわれはふたつの山のあいだの広大な平原に立っていた。月の見物客たちは、巨大イナゴが長旅へと飛びたてるように広い場所をあけて、少しうしろにさがっていた。荷物は積みこまれ、草のつるのロープでしっかりとしばりつけられていた。チーチーとポリネシアと私は、出発準備をととのえてイナゴのとなりに立っていた。

とつぜん、取り囲んだ見物客のなかから一匹の動物が出てきて、広い場所に立っている私のほうへ、どうどうたる足どりで近づいてきた。それはメスネコだった。」

ポリネシアはいつものとおりに、ネコと聞いてとびあがり、ジップは、うなり声とも不平の声ともつかぬ声を出しました。

「スタビンズ君がみんなに話したとは思うが」と、先生はつづけました。「月を探検しているあいだに、ネコの群れに出会ったことがあった。そのことばを学ぶのにはとても苦労したんだ。無口というか、話す気がないみたいだからね、なにか言いたいことがあっても、じっとだまっている。さて、同じ種類であっても、動物というのは、それぞれにちがうということは言うまでもない。一匹、一匹がちがっている。そしてもちろん、このネコもちがっていた。たいていネコというのは、人よりも場所のほうが好きになるものだ。しかし、これから話すことで、このネコは、人間よりも場所を好きではないということがわかる。たまたま私はこのネコのひどい気管支炎を治してやったことがあった。ネコは月を好いてはおらず、どうやら私を好いていたらしい。ネコは、広い場所をたった一匹で、しゃなりしゃなりと歩いてきた。私のところまで来ると、こう言ったんだ。『ドリトル先生、私もごいっしょしたいです。』それだけだ。私は、それまでネコを好きになったことはなかった。それでも、ほかの動物と同様に、ネコにだって親切にしてはならんという理由などないのだよ。とは言え、ネコをわが家に連れていったら、みんなに反対されるということも、もちろんわかっていた。

私はそのネコと押し問答をした。これから行く世界ではネコには多くの敵がいると言ってやった。するとネコは、『私の敵のことはおかまいなく、先生。それは私が相手をしますから』と言うんだ。それでも——まだあきらめさせることができると思って、さらにこう言ってやった。『だが、君を連れていくとしても、地球では鳥もネズミも一切殺してはならん。動物を殺してはならんのだよ。』そうしたら、このネコいわく、『ドリトル先生、私は月のネコです。何千年ものあいだ、鳥はもちろんのこと、なにひとつ殺してきませんでした。ここでは、動物以外のものを食べて生きざるをえなかったのですから。私どもは、もはや狩りをしません。私は、自分たちのふるさとである地球が見たいのです。連れていってください。』というわけだよ。ああ言えば、こう言う。このネコは、いちかばちかの賭《か》けに出ていたんだ。

『よかろう』と、私はとうとう言った。『イナゴに乗りなさい。』すると、ネコは、もうひとことも言わずにイナゴの背によじのぼった。そこでチーチーがネコをかごに入れて、大旅行の準備をしてやった。

ところで、私にとっても最もつらかったのは、オウソー・ブラッジにさようならを言うことだった。それは、かんたんではなかった。さっきも言ったとおり、あのかわいそうな男がこれからどれほどさみしくなるかということに、私はとつぜん気がついたのだ。ひょっとすると、私が月に来ることがなかったら、月の男はそんなつらい思いをせずにすんだかもしれない。そもそも私を月に呼んだオウソーがいけないのだとはいえ、私という友だちがいなくなってしまうことに関するかぎり、だれのせいかなんて関係なかった。男は、私に帰ってもよいと言ってからは、ほとんど口もきかなくなっていた。だが今、イナゴの横に立つわれわれのほうへ、月の男がのっしのっしとやってきたとき、この人は今どんな気持ちなのだろうと、私は思った。なにしろ、何千年ぶりに会った人間にわかれを告げようというのだ。

男は私に片手をさし出した。そんなふうにして地球の人間がわかれを告げるのだということを、よく忘れないでいたものだと考えたことをおぼえている。私は、なんと言ったらいいのかわからなかった。とうとう先に口を開いたのは、月の男のほうだった。

『さようなら』と、男は、ぎこちなく言った。『いつか――帰ってくる――おつもりですか？』

「あら。」ダブダブが、クワッと鳴いた。「帰ってくるなんてお約束なさらなかったでしょうね、先生！」

「しなかった」と、先生。「なにも約束しなかった。月はたしかに訪れる場所としてたいへん興味深いがね。いや――私は、ただこう言っただけだ。『さてね、オウソー君、ゴイゴイを食べずにいたら、君はだれよりも長生きするよ。君の小屋には薬を一ダース残しておいた。だが、私が教えてあげた食事をつづければ、薬も要らない』と。つらい瞬間だった。早く終わってほしかった。月の男はむきを変えて、立ち去っていった。最後の最後にわれわれが行くところを見たくはなかったんだろう。私はイナゴによじのぼった。私の大きさは、おぼえているだろうが、ものすごいものだった。しかし、イナゴの背中にごろりと横になっても、イナゴの胸部と肩のあたりにはまだまだゆとりがあった。例の呼吸用のユリはたくさん積んであったよ、スタビンズ君、君との旅で使ったやつだ。私はひとつを取って、すぐに鼻をつっこめるように用意した。イナゴはうまく飛びたてるように、足を谷の砂のなかへザクザクともぐらせた。『さようなら！』と、見物の連中がさけんだ。『さようなら！』と、われわれは返した。イナゴは、うしろ足ではげしく地面をけって空中に飛びあがり、羽を広げた。

旅はひどいものだった。月に長くいすぎたために肺が月の空気に慣れてしまって、地球の空気になじまなくなってしまったようなのだ。おそろしい〝死の空間〟のことは言うまでもない。〝死の空間〟にさしかかったとき、私は正直、もうだめだと思ったよ。イナゴは、出発前に巨大蛾のジャマラ・バンブルリリーから飛行についての指示を受けていたのだが、とにかくひどい飛行だった。私は呼吸用の花をひとつつかむと、そのなかへ顔をつっこんだ。ところが、意識を失ってしまった。そして、到着するまで意識がもどらなかったのだ。やっと気がつくと、スタビンズ君、君がポリネシアと話している声が聞こえたのだよ。最後に月を見たときは、月は天空でめちゃくちゃにまわっていたのに、今、空に浮かんでいる月は動かなかった。なにもかも動かなかった。

これで話は、おしまいだ。そんな旅をしても、このとおり私はぶじに着いたのだ。私の人生で最も興味深い旅だったよ。」

明らかに、先生は、自分の話が最後のほうでみんなの気分をかなり暗くしたと感じていらしたようでした。実際のところ、お話が終わったとき、動物たちはみんなとても深刻な顔つきをしていたのです。

「ねえ、先生。」とうとうジップが口をききました。「月の男は、今は、ひとりでなんとかやっているとお考えですか。」

「もちろんよ。」ダブダブが口をはさみました。「先生が月へいらっしゃる前は、どうしてたと思うの？」

「おまえなんかにゃ聞いてないよ、ダブダブ」と、ジップが静かに言いました。「おれは、先生にお聞きしているんだ。」

「……ああ、あの男はだいじょうぶだと思う。」先生は、一瞬、間をおいてからおっしゃいました。

「先生がいなくてさみしいでしょうね？」と、ジップ。「先生を帰すなんて、なかなか見あげたもんじゃないですか？——なあるほど！〝月の紳士〟ねえ。がんばってくれるといいが！」

「かわいちょうに！」いつも涙もろくて、ロマンチックなホワイティが言いました。「ひとりっきりになっちゃって！」

「ふーん」と、ガブガブ。「世界で、自分と同じ生き物がほかにいなくなるって、つらいよね、きっと。」

「でも、月へはお帰りになりませんね、先生？」と、ダブダブが心配そうに言いました。「なにしろ、先生は、春夏秋冬にわたって月はすっかりごらんになったのですからね。もう月なんかにかかずらわっても意味ありませんよね？　私の申しあげる意味がおわかりですか？」

「ああ、わかるよ、ダブダブ」と、先生。「だが」――先生の声は、眠そうに、のんびりしました。「月は――そのう――とてもおもしろいところだったよ。」

先生はおつかれなのだとわかりました。ぼくは、動物たちやマシューに合図をし、みんなわかってくれました。

「わかりました、先生」と、ぼく。「ありがとうございました。これでぼくらはさがりますので、先生はどうぞお眠りください。おやすみなさい！」

ぼくはノートをとじました。ドリトル先生の頭は、こっくりこっくりと胸もとを打つかのようにゆれていました。ぼくらはつま先立って、そっと外に出てドアをしめました。

第六章　動物園をもとにもどす

先生がもとの大きさにもどったのは、夏がもう終わろうというころでした。先生は、もはや人に見られることをおそれてはいませんでしたし、物をひっくり返したり家具にぶつかったりせずに、家のなかを歩きまわれるようになり、とてもうれしそうでした。

まず先生は、お庭じゅうを歩きまわりました。先生のために、ぼくはお庭をできるだけよい状態にしていたのですが、もちろんぼくの目の届かなかったところに先生はお気づきになりました。ドリトル先生は、とても腕のたつ庭作りの名人であり、とても細かいのです。（先生はお庭さえきちんとしていれば、家なんてどんなにちらかっていても気になさらないんだわと、ダブダブは、いつも言っていたものです。『まったくもう、男の人はしょうがないわ！』とつけくわえるのです。）ガブガブとぼくで――それから、マシューがいるときは、マシューもいっしょに――先生の庭仕事のお手伝いをしました。アイリスの根を分けたり、ラズベリーの枝を杭《くい》にしばってとめたり、すりきれたり茶色になったりした芝生の一部を地面から切りとって、芝生の種をまき直したりしました。

「秋というのはね、スタビンズ君」と、先生。「かしこい庭師には、常に最も重要な季節だ。言ってみれば、大地を眠らせる時季なのだ。長い冬の眠りにそなえて地面と草木をよい状態にしておけば、春には、ちょっとした景色になる。」

かつては動物園と呼んでいた大きな囲いが見わたせるところまで来ると、そのがらんとしたようすに先生はがっかりなさったようでした。長い壁でかこまれた芝生を、なにも言わずにじっとながめていらっしゃいましたが、なにをお考えなのか、ぼくにはわかりました。ジップもわかったようです。

「ふうむ！」と、先生はしばらくしてから、つぶやきました。「あのはしにあるいくつかの犬小屋は、ずいぶんみすぼらしいね？　屋根は穴だらけで、くさっている。こいつはきれいにかたづけないといかんね、スタビンズ君。一年は短いようにも思えるが、一年の内にいろんなことがありうるもんだ！」

「ごらんください、先生」と、ジップ。「あれを修理して、もう一度雑種犬ホームをはじめてはどうでしょう？　町にはフリップという名前のセッター〔猟犬の種類〕の雑種がいますが、住む家がないんです。食事はたいていごみの山からあさっています。ほかにもそんな犬がたくさんいます。むかし先生が迷子の犬を引き取っていたように、

みんなを引き取ってやれないでしょうか。」

「そりゃあ、ジップ、よろこんでそうしよう」と、先生。「雑種犬ホームがはなやかだったころは、それは楽しい時をすごしたからね。あの小さな大将ケッチをおぼえているかね。犬の博物館を運営してくれたスコティッシュ・テリアだ。ジャンプ・コンテストをしたとき、みんなにずいぶん親分風を吹かせてくれたじゃないか？ そして、あれはすばらしい話だったね——あれの生い立ちの話は？ いやあ、たいした犬だった！ だが、ジップ、お金のほうはどうするのかね。犬がたくさんいるとなれば、食べ物もたくさん必要だ。私は、新しい本を書いていくらかかせげるようになるまでは、どうやら、ここにいるスタビンズ君の給料で生きていかねばならんようだよ——一週に三シリング六ペンスという給料で。」

「ええ、でも、先生」と、ジップ。「とりあえずフリップだけでも入れたらどうでしょう——ぼくらがもっと金持ちになったと感じられるようになるまで。あいつはそのうち、どこかのニワトリを盗んだとかで、撃ち殺されちまうような気がするんです。だれもあいつのめんどうなんか見ませんからね。ただの、野良犬なんです。週に二回、おれが古い骨をくれるかなと思ってうちの正面玄関の門のところへやってきますが、ほとんど飢え死にしかかっているんです。」

「ふうむ！——飢え死にねえ？」先生は深刻なようすで言って、ぼくをごらんになりました。「なんとかできるだろうか、スタビンズ君？」

「ええ、もちろんです、先生」と、ぼく。「なんとかなります。うちには、いつもミルクと野菜はあるようですから。」

「よろしい！」と、先生。「ミルクと野菜は、たくさんの肉よりも、犬の健康にずっといい。よかろう、ジップ、おまえの友だちが今度やってきたら、連れてきなさい。そうしたら、フリップのためにここに犬小屋を作ろう。」

いつも知りたがり屋の白ネズミのホワイティは、ぼくらがお庭を見てまわるのについてきていました。そして、おかしなチューチューという小さな声をはりあげたのでした。

「ああ、先生《ちぇんちぇい》、ネジュミ・クラブも再開《ちゃいかい》ちたら、よくありまちぇんか？　屋根裏に新ちいネジュミの家族《かじょく》がいるんでちゅ。ちょれに、ダブダブだって、ネジュミを家から追い出ちて、ちょっちに住《ちゅ》まわちぇたがるに決まっているんでちゅ。たいちた手間じゃありまちぇんよ。むかちどおりの、なちゅかちいネジュミ町を復興できまちゅ。どんなふうだったか、おぼえていまちゅからね。ちょんなにお金はかかりまちぇん。パンのかけらやチージュの皮が少《ちゅこ》ちあればいいんでちゅ。ネジュミたちがまたここに集《あちゅ》まったらとっても楽ちいと思いまちぇんか？　ちょちたら、むかちみたいに、夕食《ゆうちょく》のあと、台所の暖炉の前でネジュミたちにお話《はなち》をちてもらえまちゅ。ネジュミ・クラブをまたはじめまちょう！」

「ふうむ！」と、先生は考え深げに言いました。「はじめてならん理由はないな。はじめれば、この場所ももっとおうちらしくなるだろう。動物園の囲いのなかが、こんなふうにがらんとして、からっぽなのを見たくはないからな。よし、ネズミ・クラブをやろう。すべて君にまかせるよ、ホワイティ。少なくとも、それくらいの経済的余裕はある。」

すると、耕運機を引っぱってお庭の雑草取りを手伝ってくれていた足の悪い年寄り馬が、こう言いました。

「先生。〝馬車馬と荷車引きの老馬会〟はどうかのう？　ほら、三キロほど先のところに、先生が馬たちのために買ってくださった農場じゃよ。」

「ああ、そうだったね」と、先生。「そうだ、そうだ。すっかり忘れていたよ。どうかね、みんなうまくやっているのかね？」

「そうさのう」と、老馬は、しっぽでハエを追い払いながら言いました。「最近は新しいメンバーが入ってこんそうじゃが、柵《さく》は修理が必要じゃ。犬が入ってきて、農場じゅうでワンワンキャンキャンうるそうてならん。『無断侵入者といじわる犬は、けっとばされます』と書いてあるんじゃがな。おぼえてらっしゃるかのう？」

「ああ、ああ、もちろんだ」と、先生。

「それから、先生が立ててくださった、かゆいところをかくための杭——あれは、倒れてしもうた。みんな、別のをほしがっちょる。」

「なんてこった」と、先生。「そうだ、みんな、首をかくのが好きだったなあ——あそこの丘のてっぺんで。日がしずむときに、あそこからのながめはすばらしかった。うむ、そいつはちゃんとやることにしよう。午前中に君といっしょに行って、考えてみることにしよう。」

こうして、先生が動物たちが気持ちよくしあわせに暮らせるようにと、むかし作った施設のほとんどが、先生が長いこと月にいらしたあとで、ようやくもとどおりになったのです。先生の家の動物たちは、みんな大よろこびです。とりわけ——ぼくはおどろきましたが——ダブダブの大はしゃぎぶりといったらありませんでした。

「トミー」と、ある夜、ダブダブは、ぼくに言いました。「よかったわあ。これでしばらくは、ドリトル先生も、お体にいけないことをなさらずにすむもの。とにかく当分のあいだ、ご本からは遠ざかるでしょ。動物たちを楽しませることで、先生もお楽しみになるのがいいのよ。〝イエバエの館〟みたいな、害虫のためにばかげた慈善活動をはじめようとなさらないかぎり。おお、いやだいやだ！」ダブダブは、不快な思いで、肩をすくめて、羽をあげました。「あんなことを先生にはじめさせないで。うっかりしていると、衣蛾《いが》〔幼虫が毛織物を食べる蛾〕用のたんすだの、トコジラミ用の寝室だの作っちゃうわよ。」

第七章　コッカー・スパニエルのバクチク

しかし、ドリトル先生をむかしの生活に引きもどしたのは、こうした大きな施設のお世話をすることだけではありませんでした。かつて、〝大きなお庭のある小さなおうち〟で一番重要だったのは、病気やけがをかかえてやってくるいろいろな種類の動物たちの手当てをする診察室でした。もちろん、先生がすがたを見せて動きまわるようになると、あの有名な先生がふたたびパドルビーに帰ってきたといううわさが、家の外の動物たちにも広まっていきましたが、みんなが口々にうわさするのも当然のことでした。

数週間もすると、案の定、動物の患者たちがやってきました——まずやってきたのは、とてもこわがりで、臆病《おくびょう》そうな二匹のウサギでした。ある日の朝、朝日がのぼろうとするときに、玄関先にいたのです。先生にお会いできますでしょうかと言うので、なんの用ですかとたずねると、病気のあかちゃんがいるのだが、どこが悪いのかわからないと言うのです。ぼくは、先生はまだお休みになっていて、とてもおつかれだから、起こしたくないと言いました。そして、あかちゃんはどこかと、たずねました。

「ああ」と、おかあさんウサギは、泣きださんばかりになって言いました。「遠くではありません。いっしょに来てくださったら、お教えします。そして、あなたがあかんぼうをここまで運んでくだされば、それまでに先生はお目ざめになっていらっしゃるかもしれません。でも、急がなければ。とてもひどい病気なのです。」

「わかった」と、ぼく。「いっしょに行こう。道を教えて。」

さて、おかあさんウサギは急いでいたものですから、おとうさんウサギといっしょに、いなずまのように、さっとお庭の門から飛び出して、道のはるかむこうへかけていきました。ぼくは、何度も「待って」と声をかけて、追いつかなければなりませんでした。オクスンソープの町のほうへ一キロ半ほど行ったあたりで、二匹は大通りからはずれて、野原のむこうへと走ります。みぞを越え、たがやされた畑を越え、沼地を越えて、どんどん行きます――垣根をくぐり、雑木林をぬけて、丘を越え、谷を越えて。とうとう、森のそばの土手の穴の前で、ぴたりと止まりました。

「あかんぼうは、このなかです」と、おかあさん。「どうか急いで、連れ出してください。とてもひどい病気なんです。」

もちろん、そんな小さな穴にぼくが入っていけるはずなど、ありはしませんでした。でも、近くに農場がありましたので、ぼくは、そこへ走っていきました。まだ朝かなり早く、だれも起きていませんでした。カブ畑にシャベルがありました。ぼくはそれを借りて、ウサギたちのところへかけもどりました。それから、この穴が土手のなかにどれほど深くのびているのか、おとうさんウサギに教えてもらうと、その場所をほって、あかちゃんを取りだしたのです。たしかに、かなり具合が悪そうでした――ゼイゼイと苦しそうな息をしています。ぜんそくの一種だろうと思いました。ぼくは、あかちゃんをだっこし、農場の人が見つけそうなところへシャベルをおいて、先生の家へとかけだしました。両親はすぐあとからかけてきます。

家に着いたときには、ドリトル先生は起きていらして、ひげをそっていらっしゃいました。あかちゃんウサギをちらりと見ると、かみそりを取り落とし、ぼくの手からあかちゃんウサギを受けとって、階段をかけ下りて診察室に入りました。そこで、なんらかの消毒液をウサギののどにぬり、下し草をしいた靴箱のなかに寝かせました。

「あぶないところだったよ、スタビンズ君」と、先生。「もうだいじょうぶだ。しかし、数日はようすを見たほうがいい。その箱を寝室の、私のベッドの下へおいてくれたまえ。両親には、数日ここで暮らしてよいと言うんだ。リンゴでもやりたまえ。いやあ、これはかわいいあかちゃんだな！　ちゃんと治してあげようね。」

朝食のとき、ぼくはそのことをダブダブに言いました。ダブダブは、ため息をつきながら、天井をにらみました。

「じゅうたんをはずしておかなきゃ」と、ダブダブ。「部屋じゅう、リンゴの芯《しん》だらけになってしまうわ。もう、しょうがないわねえ！　どうせ、こうなることはわかっていたのよ。いつだって、こういうふうにはじまるんだから――先生がお留守だったあとはね。さあ、これから、歯が痛いだの、あざができただの、水ぶくれになっただのと言って、田舎じゅうの、ありとあらゆる動物が先生のところへやってくるわ。」

そう、たしかにダブダブの言うとおりでした。そのときから、動物の患者が昼も夜もとぎれることなく、あとからあとから、どんどんやってきたのでした。キツネ、アナグマ、カワウソ、リス、イタチ、ハリネズミ、モグラ、ドブネズミ、ハツカネズミ、それからいろんな鳥たちが、診察室のドアの外に列をなしたのです。列はどんどん長くなっていくようでした。野生の動物界は、偉大な先生がお帰りになったと知ったのです。

こうして、小さなおうちは、とつぜんとてもいそがしいところとなりました。先生は、ここにいたかと思うとあちら、あちらかと思うとこちらという具合に動きまわりました。ジップの友だちのフリップがやってきて、動物園のなかの犬小屋のひとつに快適に住まわせてもらうことになりました。実のところ、とても居心地がいいし、先生のお客になることがすごく楽しかったので、その次に町に出たとき、フリップは友だちという友だちに言いふらしました。そして、あの有名な雑種犬ホームが再開されるという知らせが犬の世界に広まるやいなや、野良犬や、迷子の犬や、雑種犬が、何キロも先からやってきて、門のところでしっぽをふって、メンバーにしてくださいとたのむのでした。先生は、動物たちの不幸な身の上話を聞くと、いやだとは言えません。あっという間に、動物園にはすばらしい犬の見本市ができあがってしまいました。

こんなにいろんな犬を見たことはありません――グレイハウンドとダックスフントのあいだに生まれた犬とか、エアデール・テリアとマスチフ犬のあいだに生まれた犬とか、アイリッシュ・テリアとフォックスハウンドのあいだに生まれた犬とか。しかし、いろいろな犬の血がまじっていたほうが、先生はお気に入りのようでした。

「雑種というのは、いつだって、純血種の犬よりかしこく、おもしろいものだよ、スタビンズ君」と、先生はおっしゃいました。「すばらしいじゃないか。たくさんの犬にかこまれるのは、いつもうれしいものだ。」

たしかに先生は犬にかこまれていました。それは、はっきりしていることでした。ほんとうの問題が起こったのは、近所の迷子の犬たち――飼い主がいなかったり、夜帰る場所がない犬たち――のみならず、ふつうの犬たち（その多くは純血種）が、先生のお庭にできたホームのことを聞きつけて、飼い主の家から逃げだして、ぼくらのところへ来たときでした。

すぐにおわかりになると思いますが、これはドリトル先生にとって、こまった事態でした（実は、前にもこんなことはあったのです）。品評会で入賞したり、最高のブルーリボン賞を受賞したりしているペットのプードル犬の飼い主たちが、怒って先生のところへやってきたのです。自分たちの大切なかわいい犬をおびきだして連れ去ったなどと、かんかんになって先生を責めたてました。先生は、人々をなだめるのにひと苦労でした。とてもおもしろかった事件を、ぼくはおぼえています。それは、コッカー・スパニエル犬の話でした。そのメス犬は、おうちにやってきて、飼い主が自分のことを抱き犬としてあつかうのでこまってしまうと先生に言いました。

「だって、先生」と、その犬はとてもえらそうな態度で言いました。「私たちコッカー・スパニエルは、キング・チャールズ・スパニエルやペキニーズのような抱き犬なんかじゃないんです。あのくだらない、へぼ犬たちは、ただクッションにすわっているだけでしょ。私たちはあんなのとはちがうんですの。私たちは、スポーツをする犬なんです。あの飼い主にはがまんがなりません。自分らしい生きかたをしたいのです。私たちは、とても由緒正しい古い家系であるウォーター・スパニエルの出なんですのよ。」

「もちろんだ、もちろんだとも」と、先生。「よくわかるよ。」

「ソファーなんかにすわるのはいやなんです」と、犬はつづけました。「私は森のなかを走りたいの。そして、シカのにおいをかぐのよ。私、シカを追うのが大好き。つかまえたこととはないし、つかまえたとしても、それをどうしたらいいかわからないと思うけど。でも、追いかけるのって、楽しいと思うわ。わかるでしょ？　うちの飼い主は、私が背の高い草のあいだを走ったりして、ぬれてはいけないと言うんです。でも、私、居間で午後のお茶をいただくなんていう生活、いやなんです！　先生と動物園の陽気な雑種犬たちといっしょに暮らしたいんです。」

「なるほど、なるほど」と、先生。「君の言うことはわかるよ。まったく、まったくだ。だが、君の飼い主が君をここまで追ってきて、私が君を盗んだと言いに来たら、私はなんと言えばよかろうね？」

「あら、おもちゃの犬でも買いに行かせればいいのよ」と、スパニエル犬。「布でできた犬があるでしょ。あんなのがちょうどいいわ。ほんとの犬のことなんか、これっぽっちもわかっちゃいないんだから。」

まあ、そういったことに先生はしょっちゅう直面していたわけです。当然ながら、いそがしくなります。このスパニエル犬は、結局、ぼくらといっしょに住むようになりました。バクチクという名前をつけてあげました。パチパチはじける爆竹みたいだからです。

さて、はたして先生がおっしゃっていたとおり、バクチクの飼い主――この地方の名家のとてもエレガントな貴婦人でした――がやってきて、ひと騒動起こしました。

しかし、バクチクは前の主人に対してとても無礼で、よそよそしく、連れていかれようとすると大あばれしたものですから、貴婦人は、先生からいろいろと説明を聞いたすえに、とうとう立ち去って、バクチクをぼくらのところに残してくれました。そして、バクチクは、雑種犬ホームに入ることをゆるされて、大よろこびしました。

バクチクはおそろしく育ちのよい犬で、スパニエル犬のなかでも一等賞をとるような犬だったのですが、生まれのよさを決してじまんしたりしませんでした。バクチクの大いなる野望は、森でシカのにおいをかいで見つけ、追いかけてつかまえることでしたが、うまくいったことは一度もありませんでした。スパニエル犬は足が短かったからです。でも、そんなことはどうでもよいことでした。実際のところ、うまくいかなくたっていいのです。バクチクにはいつだって、なにかしら楽しみがありました。バクチクが先生に説明したとおり、狩りは楽しむことこそが重要なのです。バクチクは、ほんとうのスポーツマンシップがある犬でした。ほかの犬たちは、このメス犬に夢中でした。

第八章　どうやって牢屋《ろうや》に入るの？

当然ながら、時がたつにつれて、先生は早くノートにとりかかって月についての本を書かなければと、あせってきました。ある日の夕方、その日の仕事がすべて終わったあとで、ぼくらは台所にすわっていました。ネコのエサ売りのマシュー・マグがいっしょにいました。もう真夜中近くなっており、ドリトル先生もぼくも、かなりつかれていたので、動物たちをみんな寝かしつけたところでした。

先生は、大きなタバコ入れからパイプにタバコの葉をつめると、それに火をつけて、パイプからもくもくとけむりをたちのぼらせながら、ぼくにこうおっしゃいました。

「ねえ、スタビンズ君、今こんなになにもかもうまくいっているのに、どうして私はあの本を書きはじめることができないのだろうかね。」

「そうですね、先生」と、ぼく。「お気持ちはわかります。」

「動物たちに時間をさくのを惜しんでいるわけじゃないんだよ」と、先生はつづけました。「だが、一日は二十四時間しかないからね。どんなに時間の使いかたを工夫しようと、本を書く時間がどうにも——まったくもってちっとも——見つけられないのだ。問題をかかえて私のもとへやってくる動物たちというのは、生きており、今すぐに診てやらねばならんものだ。本は、あとまわしにできる。ひょっとすると、本が出版されても、だれも読まないかもしれないが、とにかく書いておきたいのだ。とても大切な仕事になると、自分では期待をしているんだよ。」

「先生はどこかよそへ行かなければなりませんよ」と、マシュー・マグが言いました。「静かにのんびりできるように。トミーから話を聞くかぎりでは、ここではのんびりできねえようですからね。」

「それはよい考えだ」と、ドリトル先生は大きな声で言いました。「よそへ——だが、どこへ?」

「海辺へ遊びに行かれたらどうです、先生」と、マシュー。「有名な保養地のマーゲート〔イギリス南東にある美しい海辺の町〕へお行きなさい。すてきなところですよ! あそこにエビ漁をしているいとこがいるんです。マーゲートじゃ、だれにもじゃまされずに、ゆっくりできますよ。パドルビーから遠いから、このあたりの動物たちだって、先生がどちらへ行かれたのかわかりゃしませんて。」

先生は、パイプの先をのぞきこむようにしながら、少しまゆをひそめました。

「そう」と、先生。「だがね、マシュー、いつだって、お金というつまらん問題がある。お金なしに、どこに行けようか？」

マシューは、指の先でテーブルをトコントンとたたきました。

「そこですが、先生」と、マシューはすぐに言いました。「静かでのんびりできるところをお探しでござんしょう？」

「そうだ」と、ドリトル先生。「じゃまが入らずに、本を書けるところだ。」

「あるんですよ」と、マシュー。「いくらでも静かにのんびりできるのに、金がぜんぜんかからない場所がたったひとつ。」

「どこかね？」と、先生。

「牢屋です」と、マシュー。

「ああ」と、先生は少しおどろいて言いました。「なるほど、そうだね。考えてもみなかった。だが――まあ――そりゃあ、そいつは思いつきというもんだ。たいした思いつきだが、どうかね――そのう――どうやって、牢屋へ入るのかね？」

「そんなことをあっしにおたずねになるなんて、よしてください、ジョン・ドリトル先生ともあろうおかたが！　あっしがいつも気にかけてるのは、どうやって牢屋に入るかじゃなくて、どうやって牢屋に入らないようにするかってことでさ。」

先生もぼくも、マシューがときどき警察のごやっかいになっていることを知っていました。マシューは、密猟――つまり、人さまの土地に入ってウサギやキジをわなでつかまえること——が大好きでならなかったのです。そんなことをしてはいけないといくら言い聞かせてもだめでした。いつであれ、マシューがいなくなって数週間してふいにあらわれたときは、先生はマシューがどこに行っていたかなどとたずねたりしませんでした。きっと、「警察とのちょいとしたいざこざ」と、マシューが呼んでいることをしていたにちがいないのです。ところが、今晩は、先生もぼくも、どっと笑いださずにはいられませんでした。

「いいですか」と、マシューは身を乗り出して言いました。「ちょいと考えてみることにしましょう。まず決めなければならないのは、どの牢屋に入るかってことです、おわかりですか？　牢屋によって、いろいろちがうんです。パドルビーの牢屋は、おすすめできません。だめです。すきま風がありすぎる。こないだあそこに入ったとき、ものすごい風が顔に吹きつけたんでさ。それから、オクスンソープの牢屋がありますが、いや、考えてみると、あそこもほめられたもんじゃねえなあ。ちょいとした牢屋なんですけどね。でも、あそこを牛耳っている治安判事のじいさんは、高慢ちきのいやな野郎でね。ひでえ目にあわせられるかもしれねえ。」

「ひどい目？」と、先生。「どういうことかね。」

「強制労働でさ」と、マシュー。「つまり、働かされるんでさ。あそこに入っているあいだじゅう、働かなきゃなんねえ。ロープを作るとかしてね。そいつは、ごめんでしょう。ご本をお書きになるのに、のんびりと静かになさろうってんだ。だめだね、オクスンソーブもはずしましょう。じゃあ、ジャイルズバラがある。ああ、あそこなら――」

「だが、失礼」と、先生が口をはさみました。「牢屋に入るためには、なにかをしなければならんだろう？　つまり、法をやぶるとか、いけないことをしなければ、ね？　どうだい？」

「ああ、そりゃあ、かんたんでさ、先生」と、マシュー。「なあに、おまわりのところへ行って、そいつの顔に手をついて押してやればいいです。それだけで、牢屋行きでさ。」

「だが、親愛なるマシュー君」と、先生はさけびました。「いったい私にそんなことができるものかね。見も知らないおまわりさんのところへ行って、私になんの悪いこともしていない人に対して――そのう――顔を押すだって？」

「先生」と、マシュー。「良心を痛めることたあねえでさ。それぐらいのこたあ、してやっていいんです、ほんと。おまわりというおまわりは、手のひらで顔をぐいっと押してやるにかぎるんです。いいですか、先生におできにならねえってんなら、あっしがお手伝いに行きますよ！」

「ああっと――そのう――いやあ、ちょっと待ってくれたまえ」と、先生。「私は、いわゆるふつうの人ではないということは、君も知っているだろう、マシュー。実際、私は牢屋に入ったことがあるからね。アフリカでバンポ王子の父であるジョリギンキ国の王さまに、牢屋にとじこめられた。だが、私はなにもしていなかったんだよ。王さまはただ、白人がきらいだったんだ。白人にひどい目にあわされてきたんだからね。それに、私は王さまを悪いとは思わない――なかなかよさそうだと思う。高い石の壁のある牢屋は、書き物をするには、おあつらえむきだ。」

「食い物はひでえですがね――それだけだ」と、マシューはタバコ入れに手をのばしながら言いました。

「うむ、それはかまわん」と、ドリトル先生。「私は今、できるだけ食べないようにしているからね。体重を気にしているんだ。だが、牢屋に入る方法が、一番むずかしそうだ。いいかね、マシュー。もう少しおだやかにやれないものだろうか？　つまり、おまわりさんの顔を押したりせずに、そのう――窓を割るとかなんとか？」

「そりゃ、できますよ」と、マシュー。「牢屋に入るには、いろんなやりかたがあります。でもね、窓を割ったぐらいじゃ、数日食らいこむぐらいですよ。何日ぐらい、ご滞在になりたいんですか？」

「ううむ――わからんよ、マシュー」と、先生。「だが、もちろん、本をほとんど書きおえるまでだね。」

「さあて」と、マシュー。「そいつは、しばらく心配する必要はありませんや。判事がたった十四日の宣告をして、先生がもっと長くいたければ、ベッドをズタズタにするとか、そういったことをしさえすればいいんでさ。さもなきゃ、外に出されたら、もう一度窓を割って、またなかに入るとかね？　そこんところは、かんたんでさ。さあ、あっしはもう行かなきゃなりません。夜おそくなると、シアドーシアがいつも、おかんむりなもんでね。でも、考えといてください、先生。のんびり静かにしたければ、牢屋の部屋ほどいいところはありませんよ。でも、窓を割るときにゃ、あっしをお手伝いに呼んでください――いや、礼にはおよびませんよ、先生、よろこんでお手伝いしますから！　へまをやらかすわけにゃいかねえですからね。ぬかりなくやらなきゃ、めんどうなことになっちまう！　それから、ジャイルズバラがぜったいおすすめですよ。ほんと、いい牢屋ですから。んじゃ、おやすみなさい！」

第九章　ジャイルズバラ

マシューが行ってしまうと、先生とぼくは、しばらくすわっておしゃべりをしていました。ドリトル先生が、牢屋は本を書きあげるのに一番よい場所だというアイデアにどんどん夢中になっていったことは、先生の話しぶりからはっきりとわかりました。家での仕事にもとても興味を持っていらしたのですが、家にいるあいだは本が書ける見こみはまったくありませんでした。今度の本は、これまでの本よりも、またこれから先書くどんな本よりもすごいことになると先生はお感じになっていました。と同時に、患者を放りだすのがいやだとも思っていました。こうした問題を、先生はぼくに考えさせました。ぼくは意見を求められて、とても光栄に思いました。

「そうですね、先生」と、ぼくは言いました。「どうやら問題は、本と患者とどちらが重要かということのようにぼくには思えます。」

「まさにそのとおりだ、スタビンズ君」と、先生。「そこなんだ。そして、私には決心がつけられない。なにしろ、前にも話したとおり、あまりにも大勢の病気の動物たちが私をたよりにしている――私だけを。治してやらんわけにはいかん。」

「それはそうですが、」と、ぼく。「先生がお留守のときに、みんなどうしていたのでしょう？　どうして先生が世界じゅうのだれもかも治して、なにもかもめんどうを見なければならないのか、ぼくにはわかりません、先生。そんなこと、ひとりの人間にできることではありません。先生が本を書くのに、永遠の時間が必要なわけではありません。先生が本をお書きになるあいだだけ、先生なしで――先生が月にいらしていたあいだと同じように――動物たちにはがんばってもらったらどうでしょう？」

先生は肩をすくめましたが、なにもお答えになりませんでした。

あくる日、ぼくはこのことをダブダブと話しました。

「トミー」と、ダブダブ。「マシュー・マグという人は、ならず者だけど、頭はきれるわね。牢屋は、世界一快適な場所じゃないかもしれないけど、先生がどこかへお出かけにならないならどうなってしまうか、トミーにはわからないの？」

「どうなるの？」と、ぼく。

「先生は両方なさろうとするわ」と、ダブダブ。「このろくでもない動物たちみんなのめんどうを見ようとするでしょう――その多くは、ほんとに病気じゃないのよ。ただ偉大な人にお会いして、地元にもどって友だちにじまんしたいだけなのよ――そうして、本もお書きになろうとするでしょう。両方いっぺんにね。先生は、働きすぎで病気になってしまうわ。だめ。考えれば考えるほど、ぜったいそうなるっていう気がするわ。マシューの言うとおりよ。ドリトル先生がいるべき場所は牢屋だわ。そこなら安全。」

さて、先生が結論を出したのは、その週の後半でした。とても長い列をなして、患者たちが先生のもとへやってきていました。重病患者はいないのですが、いつもよりひどく長い列でした。先生は朝起きてから夜——真夜中すぎになってから——寝るまで、大いそがしでした。さらにまずいことに、ホームのメンバーになりたいと四匹の犬が新たにやってきました。その日の午後には、ホワイティが、ネズミ・クラブに入りたいという野生のネズミ家族を二世帯見つけました。ぼくが先生といっしょにその夜、先生の寝室に入ったとき、先生はもうくたくたでした。

「スタビンズ君」と、先生はいすにどしんとすわりこみながら言いました。「もはやここにはいられんよ。逃げださねばならん。」

「はい、先生」と、ぼく。「おっしゃるとおりだと思います。」

「明日、スタビンズ君」と、先生。「ジャイルズバラへ行こうじゃないか。君は、マシューを呼んでおいてくれよ。あの男がなにをしでかすか少々心配だが、そうは言っても、私は、こういったことについちゃマシューほど——そのう——経験がないからね。だから、やはりマシューにはいっしょに来てもらったほうがいいと思うんだが、どうだろう？」

「ええ」と、ぼく。「そう思います。」

「ともかく」と、先生はつづけました。「明日の朝早く私の部屋に来てくれんかね？例のノートを整理しなければならん。牢屋に入るとなると、あんまり荷物を持っていけないだろう。月から持ってきたシュロの葉でできたノートじゃかさばってしまうからね。ふつうの紙に書き写しておかねばならん。」

「わかりました」と、ぼく。「それはできます。さあ、少しお休みください、先生。もう一時十五分前です。」

ぼくはあくる朝、とても早く起きました。だれよりも早く起きたと思って、つま先立って家のなかを歩いてマシューのところへ行こうとすると、動物たちがみんな台所のテーブルについて朝食を食べているのに気がつきました。

「やあ、ダブダブ」と、ぼく。「ついに、ご出発になるよ！」

「だれが出発するの？」ガブガブが、たずねました。

「先生だよ」と、ぼく。

「どこへ？」と、ホワイティ。

「牢屋だよ」と、ぼく。

「どうして？」と、ジップ。

「行かなきゃならないからさ。」ぼくは、じっとしんぼうして言いました。

「いつ行くんですか？」と、トートー。

「今すぐさ」と、ぼく。

先生についてのニュースを伝えるとかならずこういうふうに質問ぜめにあうのでした。

「いい、あんたたち」と、ダブダブが全員にむかって言いました。「ぺちゃくちゃしゃべってトミーをこまらせるんじゃありません。先生は自由になるために、牢屋へ入ることになさったんです。」

「自由――牢屋で！」ホワイティが、さけびました。

「そうよ」と、ダブダブ。「先生には静けさが必要なんです。だから、先生がどこの牢屋へいらっしゃるかは、ないしょですからね。」

「おやおや！」ホワイティが、ため息をつきました。「ここらじゃ、いちゅだってひみちゅを守んなきゃいけないみたいだな。」

「このことについては、『みたい』じゃすまされませんからね。」ダブダブが、文句を言いました。「先生がどちらへいらっしゃるか、だれも知ってはならないのよ。あんたたち、わかったわね？　しばらくのあいだ、先生はこの世界からすがたを消さなければならないのです。人間界だけでなく動物たちの世界からもいなくなるのです。だれひとり、ぜったいに、ひとりたりとて、先生の居場所を聞きつけるようなことがあってはならないんですからね。」

ミルクを一杯飲んでから、ぼくはマシューに会いに急ぎました。マシューは、その日の夕方、ジャイルズバラで落ち合おうと言ってくれました。

帰ってくると、ぼくは先生が望んでいらしたようにノートの準備をしました。いっぺんにぜんぶ持っていく計画ではありませんでした。あとからぼくが先生のところへお届けすればよいからです。そこで、ぼくらがジャイルズバラへと歩いていくときの荷物は、小さな肩かけかばんがひとつあるだけでした。パドルビーから約十キロの距離です。

出発したとき、ぼくは思わずにやにやしてしまいました。すごい冒険の旅をなさってきた偉大な旅人であるジョン・ドリトル先生が、前代未聞の最高におかしな旅をはじめたんですから——行先が「牢屋」なんていう旅に！　そして、生まれて初めて先生は、目的地に着けないのではないかという不安にかられたのでした。

ジャイルズバラは、すばらしいところでした。いろんな点でパドルビーよりもりっぱでした。むかし「百戸村」と呼ばれていた行政区分がありましたが、その中心をなすサクソン人の町でした。ナラの木々にかこまれた小さな教会の四角い塔は、遠くからも見えました。しかも、ジャイルズバラは市場が定期的に開かれる町でした。毎週金曜日に、ジャージー種の牛、羊、バークシャー種のブタといったすぐれた家畜が、近くの農家の人たちによって運びこまれました。そして、年に一度、ガチョウを食べて祝うミカエル祭日〔九月二十九日〕の直前には、ガチョウ市が立ちました。この地方でもとても大切な行事となっていて、町から何キロもはなれたところからもお客さんがやってくるのです。

ぼくは、前にこの町を訪れたことがありました。そのときは、リンゴみたいなほっぺをした奥さんを連れた陽気な農家の人たちが、白鹿亭という宿屋やフィッツヒュー・アームズ・ホテルに集まって、市場で展示されていた羊や、高値で売られているご近所さんの子牛のよいところをわいわいと語りあっているのを楽しく見物したものでした。こうした人たちはいつも二輪馬車用にすばらしい馬を持っていて、たとえ馬車が、修理したり色をぬりなおしたり洗ったりしないといけないようなぼろぼろのものであっても、その馬に馬車をひかせてやってくるのです。ようするに、ジャイルズバラは、だれもが行ってみたい古きよきイギリスの名所だったのです。

先生とぼくがそこに着いたのは、金曜の午後おそくでした。市場は終わっていて、農家の人たちは家路につく前に、リンゴ酒の最後の一杯を飲みに居酒屋さんへ行ってしまっていました。マシュー・マグが待ち合わせ場所でぼくらを待っていてくれました。

「いいかね、マシュー」と、先生。「この、窓を割るという話だが、まずしい人——つまり、新しい窓を買えないような人のうちの窓を割りたくはないのだ。」

「ごもっとも」と、マシュー。「まったくもって、ごもっともです。」金持ちの窓を割ったほうがよござんしょうね。あっしだったら、そうします。さあて、銀行なんてのは、どうですかね。ジャイルズバラ投資銀行ってのは？　お金がたんまりあって、かならず告訴してきますよ。そこんところが肝心ですね。あいつらは、告訴するのが大好きなんだ。ええ、先生、それがいいでしょう。銀行の窓をやっちまいましょう。上質の板ガラスだ——すてきだぁ！　今はお客はいませんが、銀行員はまだいる時間です。さっそく銀行をガツンとやってやろうじゃないですか——最高だぁ！　ええっと、待てよ——手ごろな石はあるかな？　ああ、あった、あった！　先生もポケットに少し入れてください。あっしも持ちます。へまをやらかすわけにゃいかねえですよ！」

マシューは道ばたから大きめの小石を片手にいっぱいひろって、少し先生にわたし、自分のポケットにも入れました。

「さてと」と、マシュー。「これから通りをぶらぶらと歩いていきます——そぞろ歩きって感じでね。それから、銀行の前まで来たら——」

「ちょっと待ちたまえ」と、先生。「石を投げて窓を割るのは君かね、私かね？」

「そいつは、場合によります」と、マシュー。「銀行の前にどれほど人がいるかとか、先生なら人口分布だのとおっしゃるようなこととかにね。おわかりですか？」

「いや、どうも――よくわかったとは言えん」と、先生。

「あのですね」と、マシュー。「こうしたことには判断力を駆使していただかなきゃなりません――戦略ってやつです。先生と銀行の窓のあいだにたくさん人がいて、ちゃんと石を投げられないかもしれません。おわかりですね？　あっしは――先生がだめでも、こっちにはチャンスがあるかもしれません。おわかりですね？　へまをやらかすわけにゃいかねえですよ！　あっしが合図をしますから。ちゃんと先生を牢屋へ入れてさしあげますよ！」

マシューは少し先を歩いていきました。ぼくは先生のあとからついていきましたが、先生は心配でたまらないというようすでした。

「こいつは、どうも気が進まんな、スタビンズ君」と、先生はささやきました。「だが、マシューにまかせておけば、だいじょうぶだろう。」

「そうだといいですね、先生」と、ぼく。

ぼくらは銀行の前に着きました。そこはバーゲイトという名で知られている大きな広場になっていて、歩道には人が大勢いました。先生は、人の頭越しにむこうを見ようとして、あちこちから首を長くのばしたり、左右に動いたりしていましたが、とつぜんガチャンという音がして、ガラスがくだけちる音がしました。

「どうやら」と、先生。「マシューが手伝ってくれたようだな。」

ぼくが先生にお答えする間もなく、まわりの人々からさけび声があがりました。

「つかまえろ！　どろぼうだ！　銀行に押し入ろうとしたぞ。止めろ！　つかまえろ！」

「おやおや！」と、先生。「追われているのは、マシューかね？」

目の前で、とっくみあいがはじまりました。

「そうだ――そうだ！」と、先生。「マシューだ。銀行の窓を割ったんだ。ついてきたまえ、スタビンズ君。」

ぼくらは、どんどんふくれあがる野次馬たちのなかへ、むりに入りこんでいきました。まんなかには、やっぱり、マシューが警官につかまってもがいていました。

「失礼」と、先生はていねいに言って、警官の肩に手をふれました。「石を投げたのは私なのだよ――そのう――それで、窓が割れたのだ。」

「おことばですが」と、警官は言いました。「お見受けしたところ、いかにも正直そうな紳士でいらっしゃる。本官はこの目で見ておるのです。きゃつは、ポケットから石を取り出して――本官がすぐうしろにおったにもかかわらず――銀行の正面の窓に投げつけて割ったのです。それに、本官はきゃつを知っております。パドルビー方面を荒らしている密猟者です。悪いやつです。さあ、来い。おまえの発言は法廷でおまえに不利に働くこともあることを警告しておく!」

かわいそうなマシューは、牢屋のほうへ追いたてられていきました。

「だが、おまわりさん」と、先生は警官に言いました。「どうか聞いてください。私が——」

「法廷には来ないでくださいよ、先生。そこで面が割れるとまずい——今のところはね。あっしのことは、だいじょうぶでさ。牢屋なんぞ、あっという間に出てきちまいますよ。鍵《かぎ》の具合はすっかりわかってますからね……。はいはい、行きますよ、おかしな顔をしやがって、引っぱるなよ。首をくられる前に友だちと話すチャンスぐらい、くれたっていいじゃねえか? おどろいたもんだぜ!」(マシューは、また声を落として、ささやきました。)「それじゃまた、先生。ちょっと手ちがいがあっただけのこってす。へたな鉄砲も数撃ちゃ当たるって、古いことわざにもあるでしょ。あっしがお手伝いできるまで待っていてください。へまをやらかすわけにゃいかねえですからね。だいじょうぶ、ちゃんと牢屋へ入れてさしあげますよ、ご心配なく!」

第十章　貴婦人《レイディ》マチルダ・ビーミッシュ

ドリトル先生はなんとしても、不運なマシューのあとを追いかけようとしましたが、ぼくは、やめるように説得しました。

「マシューおじさんはだいじょうぶですよ、先生」と、ぼくは言いました。「それに、おじさんが言っていたように、先生は法廷で顔を知られてはこまるでしょう。ぼくらにあやしいところがあると思われてはいけませんからね。」

「こんなふうなことをやっていたら、どっちにしろ、あやしいと思われるだろう」と、先生はしずんだようすで言いました。「だが、スタビンズ君、マシューを牢屋に入れてしまったと思うと、たえられんのだよ。何年も、マシューに牢屋に入らないようにしろと言ってきたのに。こんなばかげたことをはじめなければよかったと思うよ。」

「ねえ、先生」と、ぼく。「マシューおじさんに関するかぎり、なにも心配は要りませんよ。こういったことにかけちゃ、マシューおじさんは――まあ――慣れたもんですからね。」

「そうだ」と、先生は考え深そうに言いました。「それは、そのとおりだ。だが、それでも、私がジャイルズバラの牢屋に入るとしても、そこから先、マシューの手伝いを待たないほうがいいと思う。銀行はもうやめたほうがいいと思わないかね？」

「ええ、先生」と、ぼくは言いました。「そう思います。」

ぼくらは大通りをぶらぶら歩いて、やがて、町はずれまでやってきました。あたりには、もうお店はなく、民家があるだけでした。

「ここは、お金持ちそうだな。」先生は、大きな家の前で立ちどまりました。正面玄関はとてもりっぱです。「この家の人たちなら、窓ガラスの一枚ぐらいすぐ買えるだろうね。よし、決めた！　いいかね、スタビンズ君、ずっとはなれていてくれたまえ。今度こそ、ほかの人間が逮捕されるのはごめんだからね。」

先生は、ポケットから石を取り出し、一階の大きな窓をめがけて投げました。ガシャンと音がして、さっきよりも盛大にガラスが落ちていく音が聞こえました。ぼくらは、玄関からだれかが出てくるのを待ちました。だれも出てきません。やがて、いたずらっ子がぼくらの背後にしのびよりました。

「おじさん」と、その少年は言いました。「あの家の窓を割ったって、しょうがないよ。」

「どうしてかね？」と、先生。

「だれもいないもの」と、少年。「あの家の人は、冬のあいだ、外国に行ってるの。

ぼく、きのう裏の窓をぜーんぶ割ったけど、だれも『こらっ！』って出てこなかったよ！」

「これはたまげた！」と、先生はつぶやきました。「町じゅうの家をだめにしないと、つかまらんのか。来たまえ、スタビンズ君、先へ行こう。」

もう一度、ぼくらは、攻撃目標をさがしながら、ぶらぶらと歩きました。

「どうもうまくないな」と、先生は暗い気持ちで言いました。「牢屋に入るのがこんなにむずかしいとは思わなかった。」

「ねえ、先生」と、ぼく。「牢屋に入るには、悪い人に見えなきゃいけないんだと思いますよ。マシューおじさんなんて、牢屋に入るのがむずかしそうじゃありませんし。」

「見たまえ。」先生が、通りの先を指さして言いました。「また大きな家だ――四輪馬車がずいぶんたくさん玄関先までならんでいるじゃないか。なにごとだろう？」

「お茶会かなにかをしてるんじゃないでしょうか」と、ぼく。「ほら、あそこでおまわりさんが交通整理をしてます。」

「おや、ほんとだ！」と、先生はさけびました。「これはちょうどいい！　すばらしいよ、スタビンズ君。今度ばかりはうまくいく。お金をたくさん持ったえらい人たちがいて、パーティーが開かれていて、目撃者は山のようにいて、そのうえ、おまわりさんだ。どうしたって私を逮捕することになるだろう。逮捕しなければ、職務怠慢で訴えてやる!」

その家のところまで来ると、ずいぶん大勢の町の人たちが、お客さんが四輪馬車で乗りつけるのを見守っていました。たしかに大がかりな、すばらしい催しが開かれているようです。先生は、ぼくにうしろにさがっているように言って、人ごみをかきわけて進み、目的がまちがいなく果たせるだけ家に近寄りました。ぼくがいるところからでも、つま先立てば、先生のシルクハットがはっきりと見えました。ふたたび先生はポケットから石を取り出し、二階の一番大きな窓に命中させました。

ガシャンと音がして、またまた窓ガラスがくだけちる音が聞こえました。すぐに大勢の人たちから、怒りのさけびがあがりました。先生が危険人物であるかのように、みんな先生からはなれていきました。とつぜん、先生は小さな輪の中心にとり残されて、とんでもなく恥ずかしそうに顔を赤らめながらも、とてもうれしそうに「やった」という顔をしていました。人ごみのなかから警官がやってきて、先生を見ました。石を投げた人物がかなりりっぱなので、明らかにこまりきっていました。警官の目は、先生のかばん、シルクハット、そして先生のやさしそうな温和な顔をじろじろと見ました。

「失礼ですが」と、警官。「石を投げたのはあなたでしょうか。」

「いかにも」と、先生。「私が石を投げました。私のポケットは石でいっぱいです。

ごらんなさい！」先生は、ポケットから石をひとつかみ取り出して、見せました。

「無政府主義者だ」と、だれかが人ごみのなかでささやくのが聞こえました。「自宅のふろ場で爆弾を作ってるにちがいない！」

「頭がおかしいんじゃないのかしら」と、ぼくの近くの女の人が言いました。「目つきがなんだかへんだわ――もどっていらっしゃい、ウィリー！　近づいちゃだめ！　かみつかれるか、なにかされるかもわからないわよ！」

しかし、警官は、いっそうこまっていました。

「そのう――わざと――投げたのでしょうか？」信じられないといった声で警官はたずねました。

「ああ、そりゃ、そうです！」と、先生は明るく言いました。「ごらんにいれましょう。」

先生はポケットからもうひとつ小石を取り出して、腕をうしろにひきました。

「いやいや」と、警官は急いで押しとどめて言いました。「もう割らなくてけっこうです。判事にご説明ください。いっしょに来てください。そして、今後あなたが言うことは、あなたに不利な証拠となるかもしれないのでご注意ください。」

「なにを言えば不利になるのか教えてくれたら、それを言おう」と、先生は警官のとなりに行きながら熱心に言いました。

「やっぱり、頭がおかしいわ」と、ぼくの近くの女の人がつぶやきました。「いらっしゃい、ウィリー。おうちに帰る時間よ。」

「あのおじさん、パーティーにまねかれなかったのが、くやしかったのかもしれないよ、ママ」と、ウィリーは言いました。

家のなかのさわぎは、外よりも大きくなっていました。メイドとボーイは、窓にシャッターをおろして飛びまわっていました。玄関はしめられて、鍵がかけられました。まるで、集まった人たちがみんないっせいに石を投げてくるとおそれているかのようです。

先生と警官が群衆からはなれたとたん、ぼくはふたりを追って行き、百メートルほどあいだをあけながらついていきました。背の高い警官のヘルメットがかなり遠くからでも見えたので、はなれてついていくのはむずかしくはありませんでした。警官は表通りではなくて裏道を行きましたから、やじ馬についてこられたくないと思っていたのは明らかでした。

しばらくして、ぼくは、もう遠ざかっていなくてもだいじょうぶだと思いました。事件は終わっているのですから、ぼくも共犯としてつかまるのではないかと先生が心配なさることはないでしょう。そこで、ふたりが静かな小道に入りこもうとしたとき、ぼくはふたりに追いつきました。

警官は、ぼくがだれで、なんの用かとたずねました。ぼくは、今逮捕された人の友だちであり、いっしょに警察署まで行きたいのだと言いました。それに対して警官は反対しなかったので、ぼくら三人はいっしょに歩いていきました。

「スタビンズ君」と、先生はおっしゃいました。「私に不利な証拠となるような発言というのを、なにか思いつかんかね？」

「その必要はないと思いますが」と、ぼくは言いました。

警官は、いっそうキツネにつままれたように、まゆをあげただけでした。きっと裁判所に連れていく前に病院に連れていったほうがいいと思ったのでしょう。

やがてぼくらは、裁判所に着き、なかへ通されました。演壇のような高い机で、老人が帳面に書き物をしていました。老人はとてもえらそうで、きびしそうでした。

「なんの罪かね？」老人は顔をあげもせずに言いました。

「窓を割ったのです、閣下」と、警官。

判事はペンをおいて、もじゃもじゃの白いまゆ越しに、ぼくら三人を見つめました。

「だれが？　この子かね？」判事は、ぼくのほうをあごで指して言いました。

「いいえ、閣下」と、警官。「こちらの紳士です。」

判事はメガネをかけて、まゆをしかめて、ドリトル先生をじっと見つめました。

「君は有罪かね、無罪かね？」と、判事はたずねました。

「有罪です、閣下」と、先生はきっぱり言いました。

「わからんね」と、判事はつぶやきました。「いい歳をして！　窓を割るなんて！　どうしてそんなことをしたのかね？」

先生は、とつぜん、どぎまぎしてしまいました。また顔を赤らめ、足をもじもじさせ、咳《せき》をしました。

「さあ、言いたまえ！」と、判事。「なにか理由があったのだろう。その家の持ち主にうらみでもあったのかね？」

「いえ、とんでもない」と、先生。「そんなことはありません。だれの家かも知らなかったのですから。」

「君はガラス屋かね。窓の修理をするのかね――つまり、仕事がほしかったのかね？」

「いえ、とんでもない」と、先生は、いっそう落ち着きなさそうに言いました。

「では、どうしてやったのかね？」

「あのう――ちょっと――おもしろ半分に、やりました、閣下！」先生は、さわやかな笑顔をパッと浮かべて言いました。

判事は、針でつつかれたかのように、いすの上で身を起こしました。

「おもしろ半分だと！」と、判事はどなりました。「この町の人たちが、こんな不法なやりかたで家をこわされるのが、おもしろいとでも思っているのかね？　おもしろ半分だと！　よろしい、法を犯して、おもしろがろうというのなら、君に思い知ってもらわなければならん。君の職業は――つまり、どんな仕事をしているのかね――窓を割っていないときは？」

この質問に対して、かわいそうなドリトル先生は、まるで床のなかへしずみこみそうに見えました。

「私は医者です」と、先生はとても小さな声で言いました。

「医者だと！――ああ！」判事はさけびました。「ひょっとすると、家に石を投げつけて、患者でもこさえようとしたのかね！　恥を知りなさい。まあ、罪は認めたわけだし、どうやら初犯のようだが、法律のゆるすかぎりきびしい罰をくわえてやる。罰金五ポンド、それから窓ガラスの弁償だ！」

「でも、お金はないんです」と、先生は、顔をかがやかせて言いました。

「ふうむ！」判事は鼻を鳴らして言いました。「借りてくることはできんのかね。友だちはいないのかね。」

「お金のある友だちはおりません」と、先生は、希望に満ちたほほ笑みを浮かべて、ぼくをちらりと見ながら言いました。

「なるほど」と、判事はペンをとりながら言いました。「その場合、しかたがない。

君ほどの年齢と職業の人物に、このような宣告をせねばならんのはざんねんだが、これも自業自得だ。君はたしかに罰を受けるに値する。罰金がむりなら、君は三十日間牢屋《ろうや》に入らなければならない。」

先生はほっとして大きなため息をつきました。そして、ぼくと熱い握手を交わしました。「すばらしい！　やったぞ、スタビンズ君！」

先生は、かばんをひろいあげながら、ささやきました。

ドアにノックがありました。別の警官が入ってきました。そのうしろには、真珠をたくさん身につけた、大柄で、はでな女の人がいました。女の人には、御者と、それからボーイがついていました。判事はさっと立ちあがり、あいさつをしに、高い机からおりてきました。

「おや、レディ・マチルダ・ビーミッシュ！」と、判事はさけびました。「お入りください。なんのご用でしょう？」

「なんてこった！」先生は、ぼくのうしろでうなりました。

「閣下、私が間に合ったらよいのですが」と、レディ。「できるだけ急いでまいりましたの。窓がこわされたのは、宅でございますの。もう裁判は終わりまして？　私の目撃証言がお入り用かと思いましたの。」

「その件はすでに終わりました」と、判事。「被疑者は罪を認めました。ここには逮捕をした警官もおりますし、目撃証言は不要です。」

「とってもびっくりいたしましたのよ！」と、女の人は顔の前でレースのハンカチをひらひらさせながら言いました。「私ども、動物虐待防止協会支部の月例集会をしていたんでございます。お飲み物がふるまわれて、さあ会をはじめましょうという段になって、居間の窓から大きな石が飛びこんできて、甘いお酒を入れておいたパンチ・ボウルのなかに、ドボーンと入ったんでございます。もう、たいへん！　サー・ウィロビー・ウィフルは、びしょぬれになってしまいました！　私などは、すっかり気を失ってしまいましたの。」

婦人はいすにへなへなとすわりこみ、御者とボーイが婦人をあおぎながら、そばに立ちました。判事は、警官のひとりに水を一杯取りに行かせました。

「レディ・マチルダ」と、判事は言いました。「こんなひどいことがお宅で起こったことは、ほんとうにざんねんでなりません。しかしながら、囚人は罰金が払えぬということで、牢屋へ入れられるところです。思い知らせてやりますよ。少々、記録しておかねばならんことがありますので、ちょっと失礼いたします。」

それまで婦人は、息を切らしたり、ハンカチをぱたぱたしたり、おしゃべりをしたりでいそがしかったため、先生やぼくのほうを見むきもしませんでした。今、判事が婦人のもとを去って机に帰ったので、婦人は初めてぼくらを見ました。先生は、その視線からさっとのがれるようにしましたが、婦人はとびあがって、さけびました。

「閣下、うちの窓をこわしたのは、あのかたですの？」

「さよう」と、判事。「そうです。どうしてですか？　ご存じなのですか？」

「ご存じどころか！」レディ・マチルダ・ビーミッシュは、急ににっこりすると、けたけた笑いながら叫びました。「いえいえ、私のお慕いもうしあげているかたですわ！　おなつかしいドリトル先生！　またお会いできるなんて光栄です！　でも、どうして、石など投げずに、会にご出席くださらなかったのですか？」

「あなたのお宅とは知らなかったのでね。」先生は、おどおどして言いました。

婦人は、いきおいこんで判事のほうをむきました。「このかたは、世界一すばらしいかたです。」

「まあ、閣下」と、婦人はさけびました。「このかたは、世界一すばらしいかたです。お医者さまで――以前は人間のお医者さまでしたが、動物のお医者さまにおなりになって。五年前、うちの血統書つきのフランス産プードル犬のトプシーが子犬を産みましてね。とてもひどい病気になったのです――子犬たちもぜんぶ。見たこともないくらいかわいらしいワンちゃんなのに――それはもうひどい病気になって！　私はその地方じゅうの獣医を呼びましたが、だめでした。トプシーとその子犬たちの容体は悪くなるばかり。私は、来る夜も来る夜も泣きました。そのとき、ドリトル先生のうわさを聞いて、来ていただいたんです。先生は、母犬も子犬もぜんぶすっかり治してくださいました。子犬たちは、みんな品評会で賞をとりましたんでございますのよ。ああ、お会いできて、ほんにうれしゅうございます、先生！　それで、どちらにお住まいでいらっしゃいますの？」

「牢屋です」と、先生――「つまり、これからしばらくは、という意味ですが。」

「牢屋ですって！」と、婦人はさけびました。「ああ、窓のせいね――もちろん。忘れておりました。でも、ちょっとお待ちください」――婦人はふたたび判事にむきなおって――「罰金のことをなにかおっしゃっておいででしたわね？」

「ええ」と、判事。「五ポンドです。払えないというので、代わりに三十日の刑を宣告しました。」

「まあ、とんでもない！」と、婦人はさけびました。「そんなわけには、まいりません。私が代わりにお支払いいたしましょう。アトキンズ、私のおさいふを持ってきてちょうだい。馬車にあるから。」

　ボーイはおじぎをして、出ていきました。

　先生は、急いで前へ出てきました。

「それはたいへんご親切なのですが、レディ・マチルダ」と、先生は言いだしました。

「しかし――」

「いえいえ、先生」と、婦人は、太い人差し指を先生にむけてふりながら言いました。

「お礼にはおよびませんことよ。先生を牢屋にお入れするわけにはまいりませんもの。お支払いできて、うれしゅうございます。実際、窓を割ったのが先生だとわかっていたら、窓をこわしていただいて光栄と思ったにちがいないんでございますわ。とてもえらいかたなんですのよ」と、婦人は判事にこそこそとささやきました。「少し変わっていて——そのう——おかしなところもありますが、とてもえらいかたです。間に合ってほんとによかった。」

ボーイがさいふを持ってきて、お金が数えあげられました。先生は、さらに何度かやめさせようとしましたが、このおしゃべりな婦人の声にかき消されて聞いてもらえませんでした。婦人は、感謝の気持ちでいっぱいで、ぜったい先生を牢屋から救い出そうと決めていたのです。

「よろしい。」判事が最後に言いました。「罰金は払われ、囚人は釈放されるが、警告しておこう。これは特に目にあまる法律違反であって、よくよく反省していただきたい。被害を受けたお宅の貴婦人が罰金をお支払いになるとは、なんとも寛大であると言わざるを得ない。」

警官は先生とぼくを手まねきしました。通路を通って、ドアをあけると、警官はぼくらを外へ——通りへと、出してしまいました。

第十一章　とうとう、牢屋に

もう日が暮れようとしていました。先生もぼくも、おなかがぺこぺこでした。その日はもうなにもできないと思って、ぼくらはパドルビーまで十キロの道のりをとぼとぼと歩いて帰って夕食にしようと思いました。ずいぶん長いあいだ、ふたりとも口をききませんでした。ようやく、もうすぐ家だというところまできて、先生が言いました。

「ねえ、スタビンズ君、マシューの忠告どおり――そのう――おまわりさんの顔を押しておけばよかったんじゃないかと思いたくなるよ。そのほうがずっと――そのう――ずっとめんどうが少なかった。あのご婦人が言ったことを聞いたかね――私に窓をこわしていただいて光栄だって！　とんでもない！　それに、あの人のトプシーと子犬たちは、かんたんに治せる病気だったんだ。私はただ消化を助ける薬をやっただけだ――私の発明品だがね――そして、あのごりっぱなご主人さまが大さわぎをするのをやめさせて、犬たちを静かに放っておいてもらったのだ。トプシーは、レディ・マチルダのおかげで頭がどうにかなりそうだと言っていたよ。ハチみたいにブンブンうるさくつきまとって、とんでもないものを食べさせるから。私は一週間、犬に近づかないように命じたんだ。そしたら、みんな元気になった。ミルクを飲んでね。まったくもう!」

ぼくらが家に着いて、台所のドアから入ったとき、みんなは大興奮しました。

「先生《ちえんちえい》!」白ネズミのホワイティが、チューチュー言いました。「牢屋《ろうや》に入ったんじゃなかったんでちゅか?」

「だめだった。」先生は、情けなさそうにいすにへたりこみながら言いました。「だが、マシューは入った。まったくもって、もうしわけない。朝になったら、奥さんのシアドーシアに会いにいかなければならんな。ゆるしてはもらえんだろうが。」

「マシューが! 牢屋に!」と、トートー。「そんな。今さっき、流し場で手を洗っていましたよ。」

「なにかのまちがいだろう」と、先生。「われわれが最後に彼と会ったのはジャイルズバラだ。牢屋に連行されるところだった。銀行の窓に石を投げたのだ。私がやったことにしようとしたんだが、そうは思ってもらえなかった。逮捕されたんだ。」

そのとき、食器室へつづくドアがあいて、マシューがにこにこしながら入ってきました。

「どうも、先生」と、マシューは元気に言いました。「じゃあ、ジャイルズバラの牢屋には入れなかったんですね！　ざんねん！　ジャイルズバラの連中はずいぶん気がきかねえじゃねえですか。まったくもって気がきかねえや！」

「だが、マシュー」と、先生。「君はどうなんだね？　君も牢屋から追い出されたというのかね？」

「へ、とんでもない！」マシューは、にやりと笑いました。「あっしを牢屋から追い出すなんてこたあ、ありえねえですよ。だけどね、警察署に行くとちゅう、牢屋の合い鍵《かぎ》を持ってこなかったことを、ふと思い出しちまいましてね。別に道具なんてなくったって、ぬけ出すことぐらいわけないんですが、牢屋に着く前に逃げといたほうが無難かもしれないって思ったんですよ。そいで、あっしを連行してるおまわりをよく見てやりますとね、がっしりとしたタイプだけど、走るのはからきしダメってな野郎だとわかったんでさ。そいで、まあ先見の明ってやつですがね――おとなしくついていくふりをしておいて、やっこさんを振り切る場所をさがしてたんです。公園にある、噴水をぐるりとかこむ大きな大理石の池、おわかりでしょ？」

「ああ」と、先生。「おぼえているよ。」

「あの池のところまで来たとき、やつに言ってやったんです。『ねえ、巡査部長さん！』ってね。やつは単なる巡査でしかないってわかってたけど、やつらは巡査部長って呼ばれるとうれしいんですよ。『ねえ、巡査部長さん。靴ひもがほどけてますよ』ってね。やつは、かがんで足もとを見ようとした。ところが太ってるものだから、すっかりかがまないと足もとが見えねえ。そこで、深くかがんだところを、うしろからちょいと押してやったら、頭から大理石のプールのなかにドボンでさ。ハハ！　水に飛びこむセイウチよろしく、するりとね。それで、こちとら、公園をすたこらさとぬけだして、裏道に入った。それからさっさと野原にとび出して、それで、こうして、ここにいるってわけでさ！」

「ふうむ！」と、先生。「おどろいたもんだね！　とにかく、君がぶじでよかったよ、マシュー。とても心配していたんだ。ところで、ダブダブ、夕飯はなにかね？」

「目玉焼き、チーズ、トマト、それにココアです」と、ダブダブ。

「やったあ！」、ガブガブが、テーブルのところへやってきながら言いました。「トマトだ！」

「いいねえ、ココア！」と、チーチー。「すてきだ！」

「ちょれにチージュだ、うれちいでちゅね！」と、ホワイティが暖炉《マントルピース》のかざり棚から、するすると下りながら言いました。

「ねえ、マシュー」と、先生は、みんなが食事の席についたときに言いました。「ジャイルズバラはもうやめておいたほうがいいと思うんだ。君は制服の警官を水浴びさせてしまったし、私は町一番のえらいご婦人に罰金を払ってもらってしまったから、あの町には近づかないほうがいいように思う。実際、私はもうすっかりいやになってしまったよ。スタビンズ君にも話したが、牢屋に入るのがこんなにむずかしいとは思わなかった。」

「いやあ、まあ、先生」と、マシューは大きな厚切りパンにバターをぬりながら言いました。「そんなもんですよ。こっちが牢屋に入りたいときは、入らせてくれないのに、牢屋に入りたくないときに、入れられるんです。だいたい法律ってもんが、まったくどうしようもないしろもんでしょう。でも、がっかりすることたあ、ありませんよ、先生。がんばってください！　結局のところ、最後には逮捕してもらったじゃないですか。最初のうちは、そこまで行きつけませんでしたからね。これで、ちょいとした評判がたちはじめたってわけです。評判がたてば、牢屋に入るのはかんたんでさ。」

「ふん」と、窓わくのところにすわっていたポリネシアが短く、はき捨てるようにさけびました。

「それにしてもだね、」と、先生。「ジャイルズバラを、われわれの――そのう――実験に使うのはやめにしたほうがよさそうだね。」

「そうですね、先生」と、マシューは、チーズに手をのばしながら言いました。「ほかにも、いくらでもありますからね。先生の評判は広まりますよ。牢屋に入れられたという、ちゃんとした評判が広まると、すばらしいもんです。ところで、ちょいと小さなゴアズビー＝セント・クレメンツという町があります。そこの牢屋も、悪くありません！　で、思ったんですが——最初っから、こう思いついてりゃよかったんですが——先生がなさるのに一番いいのは、銀行とか慈善の会にかかずらうことじゃありません。警察署そのものの窓を割っちまえばいいんですよ——さもなきゃ、裁判所のね。どっちでもお好きなほうを。そしたら、きっと、とっつかまりますよ！」

「ふうむ！」と、先生。「ええっと——そう、それはいい考えだね。」

「おともいたしましょう、先生」と、マシュー。「先生だけじゃあ——」

「いや、マシュー」と、先生はきっぱり言いました。「またまちがえて君がつかまってしまうような気がするよ。実は、今度はスタビンズ君さえ連れていくまいと決めたのだ。ひとりで行く。そのほうが安全だ。」

「よござんす、先生」と、マシュー。「なんでも、先生のよいとお考えのとおりにおやりください。でも、へまをやらかすわけにゃいかねえって、おわかりになりますね。忘れないでください。警察署か、さもなきゃ判事がいるときに裁判所をやるんですよ。でかいりっぱな石でね。いやあ、それにしても、見てみたいもんだなあ！　いつ先生からご連絡をいただけるでしょうかね？」

「私から連絡はできないはずだ——牢屋に入っているならね」と、先生。「入っていなかったら、連絡するだろう。」

翌朝、先生は、ゴアズビー＝セント・クレメンツの町へむけて出発なさいました。やはりパドルビーからかなり歩いていかなければならないので、そのために先生は早めに出発なさいました。ダブダブが、サンドイッチの入った大きめのお弁当とミルクのびんを一本持たせてくれました。先生は、書くための紙をたっぷりと、えんぴつをたくさんと、それからもちろん例のノートを持ってお出かけになりました。

ぼくは道を少し歩いていって、先生を見送りました。先生はとても楽しそうで、ぼくにさようならと言うときは、希望にあふれていました。先生が最後に言ったのは、こんな文句です。

「スタビンズ君、今日の真夜中までにここへ私が帰ってこなかったら、うまくいったと思ってくれたまえ。しばらくは訪ねに行こうなどと気をつかわんでくれてよい。そして、どんなことがあってもマシューを来させてはならん。私はだいじょうぶだから。足の悪い年寄り馬のめんどうを見てくれたまえ。それから、月の植物の世話も、私の代わりにたのんだよ。それじゃ！」

さて、今度こそ、うまくいったようでした――そのあと、連絡がなかったのです。動物たちはみんなその夜、おそくまで起きて、先生がお帰りになるかたしかめたいと言って聞きませんでした。広間の古い時計が夜中の十二時を打ったとき、ぼくらは、先生がとうとう牢屋に入れたのだと思いました。それでようやく、ぼくは動物たちに寝るように言ったのです。

第十二章　イティ

それから数日、ぼくはとてもいそがしくしていました。先生が家にいらっしゃらないため、ぼくは、なにもかもがうまくいくようにすることに全責任があると感じていたのです。しかも、前にお留守番をしていたときよりも、やらなければならない仕事がずっと増えていました。

ひとつには、動物の患者たちがいました。家にやってくる患者の数は、先生がお留守だとわかったとたん、日に日に減ってはいきましたが、病気の動物はそれでもやってきたのです。みんな、先生がどこへ行ってしまったのか知りたがりました。ぼくはぜったい教えませんでした。すると、以前先生からいただいていたこの薬がほしいとか、あのぬり薬がほしいとか言う者もいました。次に、切り傷を負ったり、あざをこさえた何匹かは、先生がいらっしゃらないなら、ぼくにその手当てをしてもらえないかとたずねました。もちろん、この手の仕事でドリトル先生の助手を長年してきましたから、たいていのことはできました。ぼくは、包帯をしてやり、折れた骨の一本や二本は治してやりました。

こうした仕事を、ぼくはとてもおもしろいと思いました。ぼくひとりで、病気やけがの手当てをしてあげられることを誇りに感じました。すると、はじめのうちは少なくなっていた、診察室の外の順番待ちの列が、気がついてみると、先生がいないからといって、日に日に減っていくようなこともなくなっているのでした。ときどき、むずかしい急患もやってきて、かなりきわどい手術が必要だったりすると、先生がここにいて助けてくれたらいいのにと思いました。でも、いらっしゃらないのです。ただちに手当てをしなければならない緊急の場合もありました。ぼくよりほかにだれも治療できる者がいないのですから、ぼくが診てやりました。

ぼくは、ドリトル先生が動物の医学や動物の手術についてお書きになった何冊もの本を研究することにしました。ぼくはどんどん難しい手術をするようになりました。ときには、ぼくの手のもとでかわいそうな動物たちが死んでしまうのではないかと、死ぬほどこわい思いをしながら、どきどきしたこともありました。でも、だれも死にませんでした――ありがたいことに！

うたがいもなく、ぼくはとても幸運だったのです。だけど、動物のことばを知っていたことがかなり役に立ったことも忘れてはなりません。その当時、偉大なるドリトル先生をのぞけば、動物語ができるのはぼくだけでした。動物の患者たちが、どんどんぼくに信頼をよせるようになってきたのがわかりました。ひどい切り傷をぬわなければならないときでも、動物たちは、ぼくができるかぎり痛くないようにやっているとわかっているらしく、おどろくほどじっとしていてくれました。

このままつづけるとどうなるんだろうと、ぼくは考えはじめました。動物たちのあいだでのぼくの評判は大きくなっていました。ドリトル先生が人間相手の診療をやめて初めて動物界のめんどうを見はじめたときと同じぐらいの評判です。ぼくが先生の代わりをつとめられるなどと、一瞬たりとも夢見たわけではありません。どんな人間もそんなことはできません。でも、診察室での仕事にいそがしくなればなるほど、ぼくは——先生がずっと牢屋にいらっしゃるおつもりなら——ぼくだっていつかは、静かにのんびりするために、どこかに逃げこまなければならなくなるかもしれないと思いました。とにかく、ぼくのようなまだ子どもがこんなにえらい人の仕事をやっていけているのだと感じてものすごくわくわくしていたことは、おわかりいただけると思います。

しかし、医者の見習いとしての仕事のほかに、やらなければならないことがたくさんありました。動物園には動物クラブがありました。ジップとフリップに目を光らせて、ホームに新しいメンバーを連れてきすぎることのないようにしなければなりませんでした。その当時、きちんと動物たちにエサをやるのは、たいへんな問題でした。

お金がかかるのです。(お肉屋さんの帳簿つけの仕事もつづけなければなりませんでした。さもないと、お金がすっからかんになってしまいます。)

それから、あのしゃくにさわる小さな白ネズミのホワイティがいました！ 小さいくせに、あちらと思えばこちらにいて、なんにでも生意気なピンクの鼻をつっこんでくるのです。毎日、新しい野生のネズミの家族を見つけてくるようでした。その家族の長く悲しい身の上話を持ってやってきて、ネズミ・クラブに入れてもよいかとたずねるのです。だけど、ぼくがゆるすより先に、とっくにクラブに入れているのです。

それから月の植物のめんどうを見なければなりませんでした。これはなかなかの大仕事でした。天候、生長の割合など、数えきれないほどたくさんのことについてノートをつけなければなりません。しかし、これはどうあってもおろそかにしてはならない重要な研究だったのです。先生はゴアズビーに出発するにあたって、ぼくに特別な注意をなさいましたし、月から持ってきたこれらの食料を育てることは、先生ののちの実験にも本のご執筆にも必要なことだとぼくにはわかっていました。永遠の命の秘密が――そのなぞを解く鍵《かぎ》が――月から持ち帰ったこれらの野菜やくだものの種にふくまれているかもしれないと先生は考えていらしたのです。先生がお留守のあいだに、これらの植物を枯らしてしまったら、先生はそれを地球の生き物に食べさせる実験もできなくなってしまうのです。

それから月のネコ、イティがいました。こんなに奇妙で、わけのわからない動物はいません。たしかに、ぼくに会いたがりもしませんから、手間はかからないのですが、ぼくはとても興味を持つようになりました。イティはまだ、家族の一員にはなっていませんでした。（ほかの動物たちは、それをざんねんとも思っていませんでした。）しかし、今ではイティは、かごからよろこんで出てくるようになりました。そっとした足取りでお庭をぶらぶらして、あらゆることをとても注意深く好奇心を持ってたしかめていたのです。とりわけ鳥に興味を持って、何時間もじっと見ていました。そのため、鳥たちは大いにこわがりました。特に巣作りがおそく、まだヒナを育てている最中の鳥たちは、びくびくものでした。しかし、イティは、先生との約束をおぼえていました。ぼくはイティが、鳥を殺すどころか、つかまえようとしているところさえ見たことがありませんでした。

ときどき夜に、イティが恋しそうに月を見あげていることがありました。一大決心をして出てきてしまった自分のふるさとは、いったい今ごろどうなっているのだろうと思っているかのようでした。ほかの動物たちは、イティが外へ出てきて、あたりをうろつくようになった最初のうちは、遠まきに見ているだけでした。イティがやってくるのを見ると、はしっこへこそこそかくれたり、遠くへ行ってしまったりしたのです。イティのほうは、相手のじゃまにならないようにしていましたが、自分のほうがずっとえらいのだと言わんばかりの、気どった態度でした。地球の新米動物よりも、ずっと長い何千年ものあいだ生きてきたのだから、無礼にもよそよそしくする動物たちに対して、怒るのではなく、威厳をもって接するべきだと感じているかのようでした。まるで、いたずらっ子たちに、もっと成長して、ましな態度をとれるようになれと言うような態度でした。

それでも、あの奇妙な夢見るようなようすで月を見つめているときは、イティはとても悲しげで、さびしそうに思えました。心の中に何千年もの秘密や神秘を秘めているのに、だれにも打ち明けられないでいるといったようすです。先生は、イティを連れてくるにあたって、心のどこかで、月の世界と地球の世界とを結びつける最後の手段として、この動物を手もとにおいておきたかったのではないでしょうか？　月で十二か月もすごしたあとでは、宇宙の生命にとって一年などわずかな時間にすぎず、月のネコが気がむいて話すときがくれば、先生のご存じないことを話してくれるとお思いになったのではないでしょうか？

たしかに、これほど完璧《かんぺき》な自信を持っている動物など、もちろんこれまで会ったことがありませんでした。イティは、なにが起ころうと、すべてを思いどおりにしているかのように見えました。その目ときたら！　地球では、あんな目の動物を見たことがありません。暗がりで、その目はただ光るのではありません。自分の光で燃えあがり、くすぶるのです――ときには、キラッとダイヤモンドのように輝き、あるときは夕暮れの眠りにつく南の海や夜明けの冷たい森のように緑のエメラルドの光を発し、あるときはルビーのようにあぶなく赤く燃えあがり、またあるときはオパールのようにさまざまな色の光を発してまざりあい、変化しつつ消えていくかと思えば、また燃えあがる……なんという目でしょう！　その目がじっとこちらの目をのぞきこむと、こちらの思いを読みとられてしまうように感じられます。こちらをすみずみまで見すかし、こちらの全生涯――いや、父の代、祖父の代、さらに歴史の最初にまでもどって、すっかりなにもかも読みとられるように思えるのです。イティは、ひょっとしたら、どうにもつきあいにくいやつかもしれませんが、ぼくにとっては、いつも魅惑的でした。

先生が牢屋《ろうや》にこもるずっと前に、ぼくはイティのことばを少しおぼえました。イティはとても口数が少なく、一切意見を言いません。言ってみれば、この新しい世界をどう思うかと口に出すより先に、この新しい世界に手さぐりで入りこんでいるようなのです。先生が出ていったことを話すと、あわてふためいたようでしたが、ぼくはすぐに、先生はそのうちにお帰りになると安心させてあげました。

それからというもの、イティは、とてもおかしな、しゃちほこばったイティらしいやりかたで、ぼくのことを好ましく思っていることを示そうとしてくれました。ぼくがエサをあげるからだけではなく、イティがしてほしいようにイティのめんどうをいつも見てあげているからだと思います。ぼくがお庭で仕事をしていると、イティのほうからついてくることがあり、ぼくがやることをなんでも、とてもおもしろそうに見ていました。でも、みんながいる台所へはまだ入ってくることはありませんでした。

ある日の夕方、庭仕事からもどってくると、〝長い芝生《ロング・ローン》〟にすわって月をながめているイティが目にとまりました。家のなかへ入って、台所の暖炉のまわりにいる動物たちといっしょにくつろいでみないかとさそってみました。おどろいたことに、イティはひとことも言わずに、さっさとぼくのあとから入ってきたのです。

台所には、みんないました。ガブガブ、チーチー、ダブダブ、ポリネシア、ジップ、トートー、それにホワイティ。みんな友だちらしく、大きな声でぼくにあいさつしてくれました。でも、ぼくのうしろからかわいそうなイティがしのびよってくると、みんなは、まるでヤマアラシみたいに毛や羽を逆立て、部屋じゅうがしーんとしてしまいました。

ネコは、いつもどおり注意深くたしかめるようにして、台所のあれやこれやを見つめました。戸棚の一番下の棚には、なべ類をおいておく場所がありました。イティは、ぜんぶのつぼをのぞきこみ、なべのひとつひとつのにおいをかぎました。それから静かに暖炉《マントルピース》のかざり棚の上へ移り、火かき棒や、たきぎをはさんでつかむトングを、いったいこれはなんだろうというように調べました。火それ自体もしばらく見つめていたので、家のなかで燃えている火を見るのは初めてなのかなあと、ぼくは思いました。そのあいだ、ほかの動物たちは、ひとことも言わず、物音もたてずに、まるでイティが今にも爆発する爆弾であるかのように、あるいは、はいまわるおそろしいヘビでもあるかのように、十四のうたがわしそうな目で、イティを部屋じゅう追っていました。ぼくはとても腹が立ったので、みんなをひっぱたいてやりたくなりました。

ぼくはひざでジップをついて、ささやきました。

「おい、なんとか言えないのかよ。なにか会話をはじめるんだ。こんなに冷たい態度ってないぞ。歓迎しなくちゃ！」

ジップは、咳払《せきばら》いをして、まるで気を失っていた人が意識をとりもどしたかのように、早口でわけのわからないことをぶつぶつと言いだしました。

「ああ、そう、そうだな」と、ジップ。「あの――えへん――そのう――いい天気ですね？」

ぼくは、ほかの連中に、目をさまして、置き物じゃないとわかるように動けと合図をしました。ガブガブが助け舟を出して、ジップの話を受けました。

「ほんとにね」と、ガブガブ。「朝早くは雨になるかなと思ったんだけど。でも、どうでもいいよね。明日《あした》はまたどんな天気になるかわからないし。」

ぼくは、窓わくのところにいるポリネシアに助けを求めて、目をやりました。あいかわらず苦虫をかみつぶしたような顔をしていましたが、ぼくがおもしろいことをやってほしがっていることをわかってくれました。ポリネシアは、ロシアの船乗りが海で行方不明になってしまう悲しい歌を歌いだしました。

それからホワイティが笑い話を話しだしましたが、これがまた、どうしようもなくつまらない話で、だれも聞いていないようでした――ホワイティ自身さえ笑うのを忘れてしまいました。みんなの目はやはり、部屋のなかをしゃなりしゃなりと歩きつづけているネコにじっとそそがれていました。ネコは、自分が調べてまわっているもののほかは、一切興味がないかのように見えました。しかし、発せられていることばのひとつひとつに聞き耳をたて、おそらくは、その意味がかなりわかっているのだとぼくは確信していました。とうとうネコは、テーブルの下にかくれました。ネコが見えないと、動物たちは、いっそう落ち着かなくなって、ぎこちなくなりました。するとそれは、自分たちの命が見えない敵からの危険にさらされているかのように感じているようすなのです。まるで、お茶会につどったおばさんたちが、ネズミがスカートをかけあがってくるのをこわがっているみたいでした。ぼくがこの場にいなければ、動物たちはあわてて逃げだしていたにちがいありません。ぼくは、ドリトル先生がどれほど月のネコにこの家でくつろいでもらいたいと思っていらしたか知っていたので、みんなに腹を立てました。これでは、ますますひどくなるばかりです。ぼくは、思いつくままにおしゃべりをしてみました。それは、つらい骨の折れる仕事でした。でも、とにかくみんなに、なにか言わせたり笑わせたりすることはなんとかできました。まったくもってばかげた会話でしたが、だまっているよりはましでした。

そんなようすが数分もつづいてから、ダブダブが言いました。

「しっ！　なんの音？」

みんな聞き耳をたてました。たしかに、へんな音がしていました。

「強い風が木に吹きつけているみたいな音だね」と、ガブガブがささやきました。

「浜辺に波がうちよせているって言ったほうがいいだろう」と、ジップ。

「いいえ――エンジン音だわ」と、ダブダブがつぶやきました。「さもなければ、遠くのほうで演奏している楽隊。へんねえ！」

「どこから聞こえてくるんでちょう」と、ホワイティが、いつものように、暖炉《マントル》のかざり棚《ピース》へ逃げこんで、チューチューと言いました。

ぼくはテーブルの下を見ました。

音の主はイティでした。目は半分とじていましたが、その顔にはうっすらほほ笑みが浮かんでいました。
イ、テ、ィ、は、のどを鳴らしていたのです！

第十三章　先生の牢屋で

あれやこれやしなくてはならないことがあって気がまぎれるとはいえ、ドリトル先生なしでは、家は今までどおりというわけにはいきませんでした。ぼくは、先生がいらっしゃらなくてさみしかったですし、動物たちも同じ思いでした。夕食後に台所の暖炉をかこんでするおしゃべりは、むかしとちがいました。だれかがお話をはじめて、ぼくらはみんな一心に耳をかたむけるのですが、おそかれ早かれ、興味は失われ、聞き手の思いはほかへ行ってしまい、ぼくらはいつしか先生のことを話して、今ごろどうなさっているかしらねと語りあうのでした。

ダブダブ、トートー、ジップとチーチーは、先生がいらっしゃらないのをさみしく思っていたものの、それほど心配をしていないように見えました。ドリトル先生のむかしからの友だちで、ずいぶんたくさんの経験をしてきたからです。先生は自分のことは自分でできるし、機会があったらすぐにようすを知らせてくれるはずだと信じていたのです。しかし、ガブガブとホワイティは、何日たってもゴアズビー＝セント・

クレメンツの町からなんの知らせもないと言って、ひどくおろおろしていました。ふたりは、ある日の朝、月の植物の世話をしていたぼくをすみっこへ連れだしました。（そのときポリネシアもぼくといっしょにいました。）ふたりとも、真剣そのものの顔つきでした。

「ねえ、トミー」と、ガブガブ。「いつ先生のところへ行くの？」

「いや、」と、ぼく。「はっきりとした日を決めているわけじゃないよ。でも、先生は、しばらくのあいだひとりにしておいてくれと強くおっしゃったからね。わざと牢屋《ろうや》に入ったことが警察にばれてしまうんじゃないかと心配なさっているんだ。だれかが訪ねてくる前に、ちょっと落ち着きたいと思っていらっしゃるんだよ。」

「落ちちゅく！」ホワイティが叫びました。「まるで、ひどく長いあいだ、牢屋にいるみたいでちゅね。」

「だってわからないでしょ」と、ガブガブはものすごく心配そうな顔で言いました。「どれくらい牢屋に入っているように宣告されたのか。ひょっとしたら一生かもしれないよ！」

「いやいや、ガブガブ」と、ぼくは笑って言いました。「一生牢屋に入れられたりしないよ——すごく重い罪じゃないかぎりね。」

「でも、わからないでちょ」と、ホワイティがチューチュー言いました。「ひょっとちゅると、先生《ちぇんちぇい》は重罪を犯ちたのかもちれないよ。窓を割るのはあまりうまくいかなかったでちょ。もちかちたらやぶれかぶれになって、おまわりちゃんを殺ちちゃったかもちれない――あるいは判事ちゃんを――まちがえて、だよ。わからないでちょ？」

「いやいや」と、ぼく。「そんなことはないよ。長くてもせいぜい一か月牢屋に入れられるくらいさ。一か月の刑を受けられたら、先生ご自身はラッキーって思うだろうね。」

「でも、わからないでちょ、トミー？」と、ホワイティ。「こんなに――ちょのう――やきもきちてると、とてもちゅかれちゃう。先生《ちぇんちぇい》がお出かけになってから、なんにも音ちゃたがないんだよ。心配《ちんぱい》で眠れないよ。ふだんはとてもよく寝るんだけど――少《ちゅく》なくとも、トミーがあのひどいネコをおうちに連《ちゅ》れてくるまではね。でも、先生《ちぇんちぇい》がどうなちゃっているか、ひとことでも教《おち》えてもらえたらいいんだけどなあ。」

「先生は、なにを食べてるのかな？」ガブガブが、たずねました。

「わかんない」と、ぼく。「でも、ちゃんと、なにかしらめしあがるでしょ。」

「アフリカでジョリギンキの王さまに牢屋に入れられたときは」と、ガブガブ。「なんにも食べ物をもらえなかったよ！」

「あほんだら！」と、近くの木にとまっていたポリネシアが、ばかにしたように言いました。「お昼を食べたあとで牢屋に入れられて、夕食前に、逃げだしたんじゃないか。牢屋じゃ、一日四食出るとでも言うのかい？」

「ぼくと先生《ちえんちぇい》が牢屋に入ったときは、なんにも食べるものがなかったよ」と、ホワイティ。「ガブガブの言うとおりだ。ぼくも牢屋にいたから、知《ち》ってるんだ。先生《ちえんちぇい》のために、なにかちなきゃだめだよ。心配《ちんぱい》だなあ。」

「ふん、よけいなお世話だよ！」と、ポリネシア。「先生は、ご自分のことはご自分でできるさ。おまえたちは、マイナス思考なんだよ。」

「なにナス？」と、ガブガブが聞き返しました。

「マイナス思考！」オウムは、大声で言いました。「よけいなお世話だっていうの。」

実のところ、ぼくも先生のことがほんの少し気になりだしていました。「だいじょうぶだから」とおっしゃってはいましたが、今どうなさっているのか知りたくてなりませんでした。するとちょうどその日の午後、スズメのチープサイドがロンドンから遊びに来てくれたのです。チープサイドは、もちろん先生の身に起こったことについて聞きたがり、ぼくが先生は本を書くために牢屋へ入ったのだと話すと、おもしろがってケタケタ笑いました。

「へえ、そいつぁ、センセらしいじゃねえか」と、チープサイド。「牢屋、ときたもんだ！」

「ねえ、チープサイド」と、ぼく。「もしいそがしくなかったら、ゴアズビーまでひとっ飛び行って、ようすを見てきてくれないかなあ。」

「がってんだ」と、チープサイド。「さっそく行ってくらあ。」

それだけ言うと、スズメは、たちまちいなくなってしまいました。

いつものとおり、お茶の時間近くにチープサイドはもどってきました。ぼくは、そのすがたを見てとてもうれしく思いました。こっそり話ができるように、チープサイドを研究室に連れていきました。先生と会ってきたぜ、とチープサイドは話してくれました――牢屋の窓の格子越しに、長いおしゃべりをしてきたそうです。

「どんなごようすだった、チープサイド？」ぼくは、いきおいこんでたずねました。

「まあ、かなり調子よさそうだったね」と、スズメ。「ドリトルセンセのことだぜ、いつだって絶好調よ。だけど、おめえに会いたいって言ってたぜ、トミー。センセのノートをもう少し持ってきてもらいてえってよ。持ってったえんぴつは、ぜんぶ使いきっちまったってさ。スタビンズ君に伝えてくれたまえって、センセは言ったね。急ぐこたあねえが、会いてえ。今週末、そう、日曜に来るように言ってくれたまえってね。」

「ほかは、どう？」と、ぼく。「ちゃんと食事はなさってる？」

「そうさね」と、チープサイド。「食事もベッドも、上等とは言えねえな。まあ、寝るところみてえのは、あったよ――簡易ベッドとか言うんだろうぜ。だけど、おれには、アイロン台みてえに見えたね。食いもんか？　まあ、そいつも同じで、もちろん、センセは文句は言わねえ。言うはずがねえ。ドリトルセンセのことだからな——生活のほんとに重要なことなんか、センセにゃどうだっていいのさ。ちゃわんをのぞいたら、夕食の残りみたいのがあったけど、ありゃあ、ごちゃまぜ料理だな。」

「ごちゃまぜ料理？」と、ぼく。

「ああ、ごちゃまぜよ」と、チープサイド。「さもなきゃ、オートミールのおかゆだな。どっちだかわかんねえ。だけど、センセにとっちゃ、どっちも同じよ。なんだって出てきたもんを食って、ごたごた言わねえ。センセのことはわかっててんだろ！」

このとき、本棚のあいだから、なにかが逃げていく音が聞こえました。

「なんだろう、あの音、チープサイド？」と、ぼくはたずねました。

「ネズミの音みたいだったな」と、チープサイド。

その週の終わりまで待っているのは、ぼくにはつらいことでしたが、先生がご指定になった日よりも早く行ってはいけないと思いました。そこで、動物たちが、すぐに行けとうるさくぼくに言ってくるにもかかわらず、ぼくはじっとがまんしつづけました。

日曜の朝早く出発して、ぼくはゴアズビーの町に十一時ごろに着きました。建物に入るとき、たくさんの労働者が、なにやら基礎工事でもしているかのように、ひとつの壁のわきをほっているのが目に入りました。

なかに入ると、警官が机でぼくの名前を記録して、「面会者」の通行証を発行してくれました。それをぼくに手わたしながら、警官は言いました。

「ちょうど間に合ったね。」

「失礼ですが」と、ぼく。「間に合ったってどういうことですか？」

「所長がね」と、警官。「ひどく怒っているんだよ。囚人ドリトルをここから移動させようとなさっている。」

ぼくは、どうして所長さんがドリトル先生を追い出そうとなさっているのかとたずねようとしました。しかし、その瞬間、別の警官がやってきて、ぼくを先生の独房へと連れていきました。

おかしな部屋でした。高い壁は石でできていて、天井近くに窓がありました。紙くずでちらかっているベッドには、ドリトル先生がすわって一心不乱に書き物をしていました。仕事に夢中で、ぼくらが入ってきたことにも気づかないようでした。警官はすぐにまた出ていって、外から鍵《かぎ》をかけ、ぼくと先生をふたりきりにしました。

それでも先生は顔をあげません。先生がすわっているところへ近づいていこうとして初めて、床の状態に気がつきました。床は丸石がしきつめられていました――というより、かつては丸石がしきつめられていたと言うべきでしょう。今では、道路工事のおじさんが穴をほった道路みたいに、床全体に大きな穴があいており、丸石はぐるりとまわりに積みあげられています。石にまじってちらかっているのは、食べ物のかす、チーズのかけら、パンの厚切り、大根——それに、肉つきの骨があって、さらに見苦しくなっていました。

「先生」と、ぼくは先生の肩にそっとふれて言いました。「これはどうしたんですか？」

「やあ、スタビンズ君」と、先生。「よくわからんのだが——そのう——まあ、正確なところは。なにしろいそがしくしていたもんだからね。ところが、どうやら、すぐここを出なければならなくなったようだ。」

「どうしてですか、先生？」と、ぼく。「なぜです？　なにが起こったんです？」

「ふうむ」と、先生。「三日前まではうまくいっていたのだよ。やるだけのことはやった。警察署の正面の窓をぜんぶ割って、すぐに逮捕された。牢屋《ろうや》に三十日間入る刑を宣告されて、なにもかも順調だと思ったんだ。ところが、水曜日に——たしか、水曜日だったと思うが——ハツカネズミが入ってきた。そう、こんな石の壁ばかりじゃ、入ってこられるはずがないと思うだろうが、どういうわけか入ってきたのだよ。それから、もっとたくさんのハツカネズミがやってきて、ドブネズミも来た。部屋のすみの下をほってきたらしい。ネズミたちは私に食料を持ってきた。私を逃がすためにやってきたと言うんだ。」

「だけど、先生がここにいらっしゃることがどうしてわかったんでしょう?」ぼくは、さけびました。「ぜったい秘密にしていたのに。」

「わからんね」と、先生。「ネズミにたずねてみたが、教えてくれなかった。それから、ハツカネズミが大勢のドブネズミを連れてくると、そのドブネズミたちが、アナグマをわんさか連れてきた。アナグマも私に食べるものを持ってきてくれた。いろんなものをね。どうやら、私には食べるものがたりないと思っていたらしい。アナグマは、私が外へ出られるようにと、牢屋の床の下にトンネルをほりだした。私は、やめてくれとお願いしたんだが、聞いてくれなかった。私が牢屋にいてはいけないと、思いこんでいるのだ。それで、こんなことになっているのだよ……。まあ、すわりたまえ、スタビンズ君、かけたまえ!」

ぼくは、ベッドの上の紙を少しわきへどけて、すわる場所を作りました。

「警察は、牢屋がめちゃくちゃになっていることを発見すると」と、先生はつづけました。「私を別の部屋へ移した。それが、ここだ。ところが、同じことがまた起こってしまった。ドブネズミやアナグマたちが夜のうちに床の下にトンネルをほってしまったのだ。」

「でも、先生」と、ぼく。「ぼくが入ってきたとき、受付で所長がどうとかと言っていましたが、どういうことですか?」

「所長の話というのは、どうやら」と、先生。「私を牢屋からすっかり追い出そうということのようだ。せっかくここで仕事が進んでいるというのに！　しかも本はまだ四分の一も書けていないのだよ！」

先生が話しおえたところで、鍵がガチャガチャいう音が聞こえました。ふたりの警官が入ってきました。ひとりは、着ている制服から、なにかえらい身分の人のようだとわかりました。手に紙を持っています。

「ジョン・ドリトル」と、その人は言いました。「ここにおまえの釈放を命じる令状がある。」

「しかし、所長」と、先生は言いました。「私は三十日の刑を宣告されたのです。まだ、その半分もここにいませんよ。」

「しかたがない」と、所長は言いました。「建物全体がこわれだしているのだ。護衛室の壁には、新しいひびが入った。床から天井までずっとだ。建築家を呼んだところ、なにか手を打たないと、牢屋全体がこわれてしまうと言う。そこで、われわれは、おまえへの刑を撤回する特別な命令を裁判所からもらったのだ。」

「しかしですね」と、先生。「私はとてもよい模範囚のはずです。このようなことになったのは私のせいではありません。」

「それは知ったことではない」と、所長。「悪さをしたのが、おまえがサーカスで訓練した動物かどうかということは、問題ではない。私はここで七年間所長を務めているが、こんなことは初めてだ。牢屋を守らなければならない。刑は取り消された。おまえは出ていかなければならない。」

「なんてこった！」と、先生はため息をつきました。「ちょうどいい具合に、落ち着いてきたところだったのに。どうしたらいいのか、わからん。ほんとに、どうしたら。」

先生は、所長がやさしくなって気を変えてくれないだろうかというように、所長をふたたびちらっと見ました。しかし、所長が言ったのは――

「今すぐ荷物をまとめて出ていけ。この床を直すために、業者を入れなければならんのだ。」

先生は、情けなさそうに書類をまとめ、ぼくはそれをかばんに入れる手伝いをしました。準備がととのうと、警官はもう一度とてもていねいに、自由へのドアへ案内してくれました。

第十四章　小さな悪党

ぼくらは午後三時ごろ、家に帰ってきました。

ふたたび、家じゅうの動物たちが、なにが起こったかを知りたがりました。ただし、それはホワイティをのぞいた全員でした。お庭でぼくらをむかえてくれた集まりのなかに、ホワイティがいないことに、ぼくは気づいていました。

先生は、家のなかへ入ると、なぜこんなに早く帰ってきたか説明しました。

「最初にやってきたのはハツカネズミだったとおっしゃいましたか、先生？」と、ダブダブがなにかをあやしむようにように言いました。

「そうだ」と、先生。「最初は一匹、それから百匹――次にドブネズミ、それからアナグマだ。みんなで牢屋じゅうをひっくり返してくれたよ。警察が建物をもとどおりにするのには、何百ポンドとかかるだろう。私に出ていってもらいたいと思うのもしかたがないね。しかし、それにしても、ちょうどいい具合に本を書き進めていて、なにもかもすばらしかったというのに、まったくもって腹立たしい。こまったものだ。

三十日たって私が釈放されたら、もう一度窓を割って、新しい刑を受けてあの牢屋にもどろうと計画していたのだよ。しかし、あの警察署にこれ以上の被害を与えるようなことをしても意味がない。ハツカネズミとドブネズミとアナグマたちで、すでにめちゃめちゃにしてしまったのだから。」

「ははあ！　ハツカネズミだって？」と、ポリネシア。「どうやら、ハツカネズミが――白ネズミがあやしいと思いますよ。ホワイティはどこ？」

ぼくはふいに思い出しました。チープサイドと話しているときに、本棚のところで聞いた物音を。

「そうだ」と、ぼくは言いました。「ホワイティは、どこだ？」

ただちに、あの知りたがりの小動物をみんなでいっせいにさがすことになりました。トートーが、陶器の戸棚のなかの卵立てのかげにホワイティがかくれているのを発見しました。連れだされてきたホワイティは、とても恥ずかしそうで、とてもおびえていました。ダブダブのことを一番こわがっていたようです。たちまち、ダブダブの手の届かない、暖炉のかざり棚《マントルピース》の上へとかけあがりました。ダブダブは、怒りではっきりと羽毛を逆立てて、前へ出てきてホワイティに言いました。

「さあ、」と、ダブダブ。「言ってごらん。あんた、このこととどうかかわっているの？」

「このことって?」ホワイティは、なにも知らないふりを一生懸命しましたが、かかわっていることは見え見えでした。

「ハツカネズミだのドブネズミだのアナグマだのが、先生を牢屋から出してしまったことよ」と、アヒルはぴしゃりと言いました。「さあさあ、白状なさい。なにを知っているの?」

家政婦のダブダブは、目をものすごい怒りでぎらぎらさせて、小さな被告人のほうへ首をのばしたものですから、一瞬、ネズミがのみこまれてしまうのではないかと思えました。かわいそうなホワイティは、完全におびえていました。

「あのう」と、ホワイティは息をのみました。「あのね、ガブガブとぼくで――」

「ああ、それじゃ、ガブガブもかかわっているわけね?」と、ダブダブ。「あのブタは、どこ?」

しかし、ガブガブは畑仕事をしていたほうがいいと思ったようで、とにかくもう、家のなかには見あたりませんでした。

「じゃあ言いなさいよ、さあ」と、ダブダブ。「あんたとあのごりっぱなガブガブさんは、なにをしたの?」

「なにってわけじゃないんだけど」と、ホワイティ。「でも――あのう――ちょのう――ちゅまり――あのう――先生《ちえんちえい》がゴアズビー=チェント・クレメンチュでどうなっちゃっているかわからなかったでちょ。食べるものだってちゃんとめちあがっているかどうか、だれにもわからなかったでちょ。牢屋《ろうや》の食べ物って、ふちゅう、あんまり、おいちくないんだ。だから、ぼくら――ちょのう――あのう――ぼく――」

「言いなさい！」ダブダブが、キィーッとなりました。

「ネジュミ・クラブのメンバーと相談《ちょうだん》ちたらいいと思ったんだ」と、ホワイティ。

ダブダブは、もう少しでぶったおれてしまいそうに見えました。

「そういうこと！」ダブダブは、鼻を鳴らしました。「これは秘密にしなきゃいけなかったってこと、ちゃんとわかっていたわよね――先生がどこへお出かけになったかということは、ないしょだって。それなのに、あんたは、ひょこひょこ出かけていって、ネズミ・クラブでぺらぺらしゃべったってわけ！」

「だって。」と、ホワイティは、ピンクの目にほんとうに涙を浮かべて、べそをかきながら言いました。「先生《ちぇんちぇい》がどうなったかわからなかったでちょ？　ひょっとちたらひょっととちて、終身刑《ちゅうちんけい》になってたかもちれないじゃない？　ネジュミ・クラブで話ちたら、牢屋ネジュミが――何年も前に例の話《はなち》をちてくれたやちゅだよ、おぼえているでちょ――牢屋ネジュミが言ったんだ。『ドリトル先生《ちぇんちぇい》をちゅぐに自由にちてあげなきゃならない』って。ちょのときは、どうやって自由にちゅるかっていうことは言わなかったけど、とても歳《とち》をとっていて、頭のいいドブネジュミなんだ。牢屋にちゅいでは、ものちゅごく経験をちゅんでいる。だから、言うとおりにちゅることにちたんだ。」

「あらそう」と、ダブダブ。「それで、次にどうなったのか教えて下さるかしら？」

それからホワイティは、牢屋ネズミ（かつて若かったころ、牢屋に入れられた無実の人に、格子を切るためのやすりを運びこんであげたネズミです）が、この先生救出作戦の全指揮官となって号令をかけることになったと説明しました。

ネズミというのは、奇妙な生き物です。人間の家にいてほしくないと思われているのがわかっているくせに、人間の家に住みつくのです。しかも、仕切りの裏や床下で聞き耳をたてていて、なにもかも知っているのです。人間が床につく時間も知っていれば、料理人が食料室をしめる時間も知っており、家の女主人が起きる時間も知っていれば、朝食のとき紅茶にするのかコーヒーにするのか、朝食をベッドでとるのか、食卓でとるのかも、それから夜、ネコが何時に家に来るか、暖炉の前で犬がいつ寝てしまうかも知っていましたし、家族全員の予定にいたるまで、ぜんぶ知っていました。いつもいつも聞いているので、なにもかもわかってしまうのです。

そんなわけで、あのいろいろな冒険談を話してくれた白髪のベテランネズミである、牢屋ネズミは、全軍を指揮することになったのです。ホワイティが、心配していることをクラブで話したとたん、この将軍は、それ以上なにも聞かずに、計画を立てたのです。ネズミの全地下組織が動きました。いとしいドリトル先生、動物という動物の病気を治してくださったあのおかたが、ゴアズビー＝セント・クレメンツという町でとじこめられたという伝令が発せられました。

全軍はただちに招集されました。最初は、ネズミだけでした。知らせは、家から家へ伝えられました。それから、野ネズミが呼ばれ、知らせは田舎を越えて、町から町へと広がりました。ドリトル先生があぶない！　その知らせはゴアズビーにも届きました。アナグマのような、穴をほる大型動物が、牢屋の床の石をほり返すのに集められました。食料が必要だ！　よろしい。何キロ四方にもわたって食料室から、チーズの切れはし、パンのかたまり、リンゴ、バナナ――なんでも――盗んできました。えらい先生に食料をさしあげなければならない。夜には、数人の警官が見張りについているとき、軍隊は活動をはじめ、牢屋の床の下のほうにトンネルをほりました。こうして、ゴアズビーの牢屋は、こわされたのです。

ホワイティが話しおえると、少ししーんとしました。ふいに外で物音がしました。先生の表情から、先生もそれをお聞きになったことがわかりました。お庭のはしから聞こえました。とてもへんな音でした。ふつうの耳には、チューチューとたくさん――うるさく鳴いている声に聞こえたことでしょう。しかし、動物語がわかるぼくらにとって、もっと意味がありました。それは動物園のネズミ・クラブから聞こえているのです。先生のお帰りを祝って、パーティーが――なんだかやかましいパーティーが――開かれているのです。ぼくらは耳をかたむけました。スピーチがなされています。ひとりのスピーチが終わって、別のスピーチがはじまるたびに、拍手がたくさん聞こえました。歓声――さらに歓声。遠くでなにを言っているかさえ、聞きとれました。

「ばんざあい！　ばんざあい！　先生がまたお帰りになった！　やった、やった！　ばんざあい！……だれが先生を連れもどしたの？　だれが先生を自由にしたの？　牢屋ネズミだ！……先生にばんざい三唱！　牢屋ネズミにばんざい三唱！……ばんざあい！　ばんざあい！　ばんざあい！」

その声はだんだんと消えていきました。ダブダブは、ホワイティをしかるために、ふたたびこちらへむきなおりました。

「この小さな悪党！」ダブダブは、小言をはじめました。「あんたの――」

「まあ、よい、よい」と、先生。「放っておきなさい、ダブダブ。もう終わったことだ。それに、どうやらもっぱら責任があるのは、牢屋ネズミのようだしな。ホワイティは、よかれと思ってやっていたのだから。すぎたことをとやかく言うのはやめよう。」

第十五章　大パーティ

　このとき、先生は、診察室に患者がいるので診てあげてほしいと呼ばれました。ぼくは先生について いきました。患者は、背骨を痛めたイタチでした——そうかんたんに治せるけがではありませんでした。ぼくは、先生の手伝いをしました。

　数時間かかって、ぼくらは、背骨がどの方向にも動かないように、この小動物に小枝でできた、つつのようになっている上着みたいなものを着せました。イタチはとても着心地がよさそうにしていました。イタチというのは生まれつき、もぞもぞ、むずむず動くものなのです。でも、このイタチは、こうした場合のために先生が用意しておいた小さな箱のベッドに寝て、言われたとおりにじっとしていれば背中の痛みがずいぶんおさまるのがわかったのでした。ぼくらは、イタチを屋根裏部屋の小さな動物病院に移してやりました。

　屋根裏部屋から下へ階段を下りはじめたとき、チーチーがやってきて、サギが痛風で足の関節をひどく痛めたので、先生に診てもらいたがっていると教えてくれました。

「ほらね、スタビンズ君」と、ドリトル先生。「わかったろう？　この本を書きあげることなど、私にはできないのだよ――いろいろな実験をしなければならないというのに――こんなに患者のめんどうを見なければならないのではね。放ってはおけないだろう？　どうしたものかね？」

「ねえ、先生」と、ぼく。「いい考えがあります。先生がお留守のあいだに、いろいろな患者がおうちに来ました。先生はいらっしゃらない――しばらくはお帰りにならないと言ったのですが、そのう、すぐに診てあげなければいけない動物たちもいまして、ぼくに診てほしいとたのんできたのです。最初、ぼくはとてもこわくて、まちがったことをしでかすのではないかと心配でしたのですが、先生の助手を長年つとめてきましたから、かなりいろいろとおぼえていました。」

このとき、ポリネシアが階段をぴょんぴょんとあがってくるのに気がつきました。

「なかには、とてもむずかしいケースもありました、先生」と、ぼくは言いました。「でも、先生はお留守だったから、ぼくがやるしかありませんでした。ミソサザイの折れたつばさを固定してあげたりもしたんですよ。どう思われますか？」

「いやあ、スタビンズ君！」と、先生はさけびました。「たいしたものだよ！　そんなに小さな鳥のつばさを固定してやるなんて、私が知るかぎり最高に細かな仕事だ。すばらしい、すばらしいよ！　それで、つばさは治ったのかね？」

「もちろんです、先生」と、ポリネシア。「あたしはそこにいたので、知ってますよ。おぼえているでしょう、先生に最初に鳥のことばを教えてあげたのがあたしだったように、トミーに最初に鳥のことばを教えたのもあたしなんです。りっぱな博物学者になるとわかってましたよ。」

「おわかりでしょうか、先生」と、ぼく。「診察室をぼくにおまかせくださってかまわないんです。特にむずかしい患者がきたら、いつだって先生をお呼びすることはできるのですから。でも、ふつうの患者の世話を先生がなさる必要はありません。どうぞ、この先生のお宅で、ここで、静かに本をお書きになってください。いかがですか？」

「そうだねえ——うむ、スタビンズ君」と、先生はゆっくりおっしゃいました。「結局のところ、それでよさそうだね。すばらしい考えだ。ともかく、どうなるかやってみようじゃないか。」

こうして、この計画は実行に移されました。ダブダブとポリネシアが家じゅうのみんなに、患者が来たら、先生ではなくて、ぼくを呼ぶようにと命令しました。ぼくは、今まで以上にむずかしい患者の場合は、ひどいまちがいをやらかしてしまうのではないかと、最初のうちは少しこわかったですが、先生がお留守のときより上手にできている場合には、あまり先生にたよらないようにしようと思いました。

ともあれ、なにもかもうまくいきました。ぼくは、チーチーとポリネシアを助手にしました。サルというのは、手が小さくてとても役に立ちます。細い包帯（靴ひもほど細いこともあります）をまく仕事には、チーチーの細い指先がまさにおあつらえむきでした。また、チーチーは生まれつきやさしいサルでしたので、動物の患者たちから気に入られました。ぼくは、時計を見ながら脈を測るやりかたとか、体温計で体温を測るやりかたを教えてあげました。

ポリネシアには、おもにぼくが動物語でこまったときには、特別の通訳として活躍してもらいました。ときどきコウモリとか、ハタネズミとか、サンカノゴイとか、ベニハシガラスといった新種のめずらしい動物が診察室にやってきたのです。ポリネシアが助けてくれなければ、そういった患者と話をするのはかなりたいへんだったでしょう。

すべてがうまくいったので、ぼくはとても得意になってしまったことを白状します。特に先生がやってきて、ぼくらがとてもすばらしくやっていると言ってくださったときは、うれしかったです。

もちろん、家じゅうの動物たちが、大よろこびでした。ようやく大好きな先生に、当分のあいだ家にいてもらうことができるのですから。先生は、月の野菜の実験やら本の執筆やらでいそがしくなさっていました。

ある日の晩、診察室をかたづけていると、みんなが一団となってやってきて、ある

特別なお願いを聞いてほしいと言いました。当然ぼくは、約束をする前に、お願いとはなんなのかをたずねました。

「あのね、トミー、こういうことなの」と、ガブガブ。「先生がしばらくぼくたちといっしょにいられるのはとてもうれしいんだけど、むかしのように先生と会えなくなっちゃったでしょ。いつだってとじこもって本をお書きになってるんだから。ときどきは、おやすみしたらいいと思ったの。それからね、台所の暖炉のまわりで、夜、おしゃべりするときには、先生がいないと、とってもつまんないんだ。先生のすばらしい物語やトロロンとか――」（「討論だよ、このまぬけ。討論だよ！」と、ジップがガブガブの耳もとでするどい口調で言いました。）「そう――えっと――討論のことだけど」と、ガブガブはつづけました。「今はもう、そういうのもなくなっちゃったでしょ。」

「そうだ、そうだね」と、ぼく。

「それで、みんなで考えたんだ」と、ガブガブ。「先生にお帰りなさいのお祝いをするのに、むかしみたいに、台所でやる夕食後の会にいらしてくださいってお願いしたらいいんじゃないかって。」

「ちょれにね、トミー」と、ホワイティ。「もうちゅっかり秋になって、暖炉の火もいきおいよく燃えて、とってもちゅてきだよ。」

「そのとおり」と、ガブガブ。「ついきのうも、ぼくのほうれん草におおいをかけてやらなきゃと思ってたんだ。」（ガブガブは、お庭にあるものはなんでもかんでも、「ぼくの」と言います。「ぼくのルバーブ」、「ぼくのパセリ」、「ぼくのトマト」といった具合です。）「今にも霜が降りるかもしれないからね」と、ガブガブはつづけました。「それに、霜が降りなきゃ、暖炉の火は本物の火とは言えないよ。どうかな、トミー？」

「そうだね、ガブガブ」と、ぼく。「一晩ぐらい先生もお仕事をお休みするのは、いいことだと思う。先生がなんとおっしゃるか、相談してみるよ。」

実際のところ、先生を説得するのは、かんたんなことではありませんでした。先生は、いつものとおり研究室にいらして、いそがしく本を書いていらっしゃいました。メモを書きこんだ何枚もの紙が床じゅうにちらばっています。机のまわりの壁には、さらに多くの紙がピンでとめられていました。サンドイッチがいっぱいのったお皿が（先生のためにダブダブが一生懸命、日に三度運んできているものです）、ほとんど手をつけられることもなく、部屋のあちこちにあります。ぼくは先生に、動物たちにたのまれたことを説明しました。

「うむ、スタビンズ君」と、先生。「よろこんで夕食後に台所へおりて行きたいものだが――ひとところは、きちんきちんとそうしていたねえ――だが――そのう――まあ――今は、むずかしいのだよ。本の執筆が進んでいない。今ごろは、ずっと先のほうまでできているつもりだったのだがね。それに、植物実験をしなければならない。いいかね、本は上下二巻本にしようと思っているんだ。上巻は、月での発見について。動物、植物、鉱物といったものについてだ。そいつがまだ半分も終わっていない。下巻は、この地球で月の生物を育てる試みについて——たいていは植物だが、虫もいくらかいる。私がほんとうに大きな秘密を発見できるのではないかと思っているのは、まさにそこなんだよ——たとえば、月ではなぜあんなに長生きできるのかといったことだ。ほとんど永遠に、いつまでも生きているからね。そう、ひょっとすると、科学的な助けがあれば、永遠の命だって手に入れられるかもしれない！」

「だけど、お聞きください、先生」と、ぼく。「一晩ぐらい、机をはなれるのは、いいことです。動物たちは、もうそのつもりでいます。先生がおうちへ、動物たちのもとへお帰りになったことをお祝いしたいのです。先生がなんと思われようと、動物たちは先生を自分たちのものだと思っているのです。」

先生はにっこりなさいました。そして、笑い声をあげました。それから、えんぴつを机の上へ投げ出しました。

「よかろう、スタビンズ君」と、先生。「少し仕事からはなれても、害はあるまい。」

先生は、いすから立ちあがり、ぼくらは研究室を出ました。

それは、とても楽しい夕べでした。みんな、そこにいました。ジップ、トートー、ポリネシア、チーチー、ガブガブ、ホワイティ、ダブダブ、そしてチープサイド。マシュー・マグがまたひょっこり顔を出したので、マシューもいっしょになりました。それから、足の悪い年寄り馬が、先生もご出席なさると聞きつけて、自分も参加したいと言いました。ぼくらは、先生がまだ巨人だったときに先生のために使った大きな両開きのドアから年寄り馬を家のなかへ入れました。ダブダブは、馬が戸棚をひっくり返してしまうのではないかと、とても心配していましたが、ぼくらはとうとう馬を窓の下に寝そべらせることができて、馬はそこからなにもかも見聞きすることができました。

それから、イティがいました。月のネコは、今では、家のなかを歩きまわっても、だれもこわがらなくなりました。気づいてみれば、最初、一番文句の多かった、ホワイティとジップの二匹が、家のみんなのなかでイティの一番のなかよしになったというのも、ゆかいな話だと思います。

山ほどのたきぎが台所に運びこまれて、暖炉のそばに積まれました。空気は冷たく、すがすがしく、すばらしい火がえんとつの上のほうへ燃えあがっていました。ダブダブは、サンドイッチや、ゆで卵や、焼きチーズののったビスケットや、大根や、グラスに入ったミルクを用意してくれていました。ガブガブは、自分のために、大きな真っ赤な秋リンゴを持ってきていました。（リンゴを食べているとお話がよく聞けると言っていました。）大きな台所のテーブルは、一大ピクニックといった雰囲気でした。

先生が入っていらっしゃると、みんないっせいにさわがしいほどの歓声をあげて、歓迎しました。

「ああ！」とホワイティは、暖炉《マントルピース》のかざり棚のいつもの場所へかけあがりながら、ぼくにささやきました。「ほんとにむかちみたいだね、トミー。ちょのチージュビスケットをひとちゅ、とってもらえるかちら？」

さて、みんな順番に物語を——新しいお話や、むかしのお話、ほんとのお話や、ほんとだったかもしれないお話を——しました。ジップがひとつ、トートーがひとつ、チーチーがひとつ話して、先生が四つのお話をして、ぼくがふたつしました。ホワイティは、ネズミ・クラブから最新の笑い話を仕入れてきて話してくれました。チープサイドは、ロンドンの最新ニュースを教えてくれて、ガブガブは、自分で作ったサラダの詩と、（以前聞いたことがある）「月が低くかかるとき、生ごみの山で会いましょう」というロマンチックな詩を声高らかに読みあげました。それから、ポリネシアは五つのちがうことばで、海の歌を歌いました。あんなに笑ったり、楽しくおしゃべりしたことは、生まれてこのかたありませんでした。台所の床は、ゆで卵のからや、大根の頭や、サンドイッチのくずだらけになりました。もうめちゃくちゃに楽しいパーティーでした。

　これは決して終わることはないなと思いはじめたとき、午前二時ごろになって、マシューがうちに帰らなければならないと言いました。これで、ダブダブが――朝ごはんの前までに台所をきれいにしておきたかったので――家族をベッドへ追い立てるきっかけができました。先生と、マシューと、ぼくは、研究室へ行きました。

「本のほうは、調子はどうですかい、先生？」と、マシューがたずねました。

「うむ、マシュー」と、ドリトル先生。「思ったように進んでいないのだが、スタビンズ君が私に代わって患者のめんどうを見てくれるようになったので、もうだいじょうぶだ。その話は聞いたかい。すばらしいと思わないかね？　スタビンズ君がいなかったら、私はどうなっていたことだろう？」

「でも、いいですか、先生」と、ぼく。「夜ふかしをしないでくださいね？　今では、朝、仕事をする時間がじゅうぶんにあるんですから。」

「時間だって、スタビンズ君？」とおっしゃる先生の目には、夢見るようなふしぎなようすがありました。「時間！　もし私の本と実験が成功したら、みんなのために、全世界のために時間を作ってあげることができるんだ！」

「どういうことでしょうか、先生」と、ぼく。

「つまり――そのう――命だよ」と、先生。「長い命だ。ひょっとすると、永遠の命だ。考えてもみたまえ、スタビンズ君、この地球と同じだけ長く生きられたら！　月では、みんなそうなのだよ。いや、それくらい長く生きる者がいるにちがいないのだ。その秘密さえわかったら！」

先生は、先生の大きな机の前にすわって、鯨油の読書用ランプの芯《しん》をまっすぐ立てました。少し顔をしかめていらっしゃいました。

「そうだ――」と、先生はつぶやきました。「それさえわかったら。これまで私には時間がなかった。今やたいていの人々は同じだろう。人生は日ごとにどんどんいそがしくなる。私たちはいつだって、時間がたりないと思いながら急いでいる――死ぬまでに、やりたいことをぜんぶやるために。だが、歳をとればとるほど、どんどん心配になる。心配にね！　やりおおせることができないのではないかと心配になるのだ。」

先生はとつぜん、いすにすわったまま、ぐるりとふりむいて、ぼくらふたりを見ました。

「だが、歳をとらないとしたら？」と、先生はたずねました。「そうしたらどうなる？　いつまでも若いのだ。なにをするにしても、時間はたっぷりある。二度と時間について心配しなくていいのだ。歴史をふり返れば、哲学者も、私よりも前の科学者たちも、ずっとこのことを追い求めてきたことがわかる。それは〝若さの泉〟とかなんとかいう名前で呼ばれていた。探検家が新世界を発見するたびに、現地の人のあいだになんらかの伝説があるのを常に聞いたものだ。その水を飲めば永遠に若いままでいられるという、すばらしい泉かなにかの話だ。だが、そうしたものは、単なる――単なる作り話にすぎず、それ以上のものではなかった。だが、月で私は見たのだ。生き物は、健康なまま生きつづけていた。それこそ、私が求めていたものだ。永遠の命を地球にもたらすのだ。人類に平和をもたらし、もう二度と時間のことで頭をなやませることのないようにするのだ。」

先生は、新しいことを思いついてメモをしておきたいかのように、机へむきなおりました。

「ぼく、マシューを門のところまで送ってきます、先生」と、ぼくは言いました。「どうか、夜ふかしをなさいませんように。」

マシューとぼくは、お庭へ出ました。家のまわりをまわって玄関のほうへ出るとき、ぼくらは研究室の窓のところを通りかかりました。ふたりとも立ちどまって、しばらく窓のなかを見つめました。ドリトル先生は、もうすでにおそろしいいきおいで書き物をしていました。緑色のガラスのかさのついた小さな読書用ランプは、先生の真剣な、やさしそうな顔にやわらかい光を投げかけていました。

「あそこで、いつまでもお仕事をなさっている」と、マシューがささやきました。「先生らしいじゃねえか。この世を正そうとなさるなんて？　まあ、十人十色だ……。なあ、トミー、おれなんか、この世を正そうなんて考えたことさえねえよ。いつだってこの世のほうがおれを正そうとしてくれてたもんな。意味、わかるかな。……永遠の命！　先生らしいじゃねえか。先生は、そいつを見つけるだろうかね、トミー？」

「うん、マシュー。」ぼくは、ささやき返しました。「きっと見つけるよ。先生はいつだって、やるとお決めになったことは、やりとげてきたからね。」

「ふうん！」マシューは、つぶやきました。「まあ、そうなっても、おれはおどろかねえよ、トミー。」

そして、ぼくらはそっと、お庭の門のほうへ暗がりのなかを歩いていったのでした。

訳者あとがき

本書は、『ドリトル先生の月旅行』に続く、シリーズの第九巻である。

本書が書かれたのは一九三三年。ドリトル先生が月の世界へ行って消えてしまったとする第八巻『ドリトル先生の月旅行』（一九二八年）をもって「ドリトル先生」シリーズを終えようとしながらも、読者からシリーズ継続の強い要望があったために本書によって再開したという経緯は、第八巻の「訳者あとがき」に記した。

本書で「永遠の命」を求めるドリトル先生の姿が描かれるのは、二人の妻を亡くした作者ヒュー・ロフティングの強い喪失感ゆえなのかもしれない。九歳のときに母親を癌で亡くしたC・S・ルイスも、ナルニア国物語『魔術師の甥《おい》』において主人公の少年に、瀕死《ひんし》の母親の命を救うリンゴ（魔女に永遠の命を与えた魔法のリンゴ）を追い求めさせる。「ドリトル先生」シリーズは科学ファンタジーであるため、「〝若さの泉〟とかなんとかいう」「単なる作り話」（258〜259ページ）で終わりにせず、食べ物や「気候や、重力の軽さや、あの新世界特有のなにか」（124ページ）といった長寿の原因を追究する必要性が示されるところがおもしろい。本書は、それを解明したいというドリトル先生の希望を以《もっ》て終わっている。

本書のもうひとつの特徴は、ドリトル先生と動物たちの関わりが希薄になって、代わりに先生の哲学的探求が濃くなっていることである。語り手のトミー・スタビンズがドリトル先生に成り代わって動物たちを診察し、動物との関係を引き受けている。巨大化した先生とのコミュニケーションはむずかしくなり、先生は動物たちとの関わりを避けて、自分の時間を確保しようと努める。シリーズが始まったときに先生が持っていたあらゆる動物と積極的に関わろうとしていた献身と好奇心の熱意は薄らぎ、先生は自分の研究のために時間を確保しようとする。いわば無限の時間を持っていた若い先生から、時間の有限性を認識した老練な先生へ変わったと言ってもよいだろう。

さて、本書ではドリトル先生は自分の時間を確保するために、なんと牢屋《ろうや》に入ろうとするという展開がおもしろく描かれているが、先生はこれまでにおどろくほど何度も牢屋に足を踏み入れているので、ここで「ドリトル先生と牢屋の関係」というテーマでシリーズを振り返ってみよう。

第一巻『アフリカへ行く』では、白人ぎらいのジョリギンキの王さまが先生と動物たちを捕らえて投獄し、ポリネシアが先生の声色をまねて王さまをだまして見事に脱獄するというストーリーになっている。第二巻『航海記』では、パドルビー刑務所に収監されたルークをたずねて、先生はイギリスの本格的な牢屋に初めて足を踏み入れている。第三巻『郵便局』では、強大なエルブブ国の総督が、真珠が採れるハーマッタン岩をうばおうとして、真珠とり業を行っていた先生を短いくさりにつないで投獄する。先生がひとりで収監された最初の例である。このときは、先生のポケットのなかにいた白ネズミが外との連絡役となり、一切の食事を与えられなかった先生に少しずつ飲食物を運ぶ。先生は獄中でひげまできれいにそってさっぱりとしているので、魔法使いだと驚かれ、こわがられて、みごとに出獄の運びとなる。ここまでは、牢屋は「とじこめられたくないところ」という一般的な意味合いで語られる。

ところが、第四巻『サーカス』から風向きが変わってくる。この巻では、オットセイのソフィーを川に落とした先生は殺人犯と誤解され、投獄されるが、投獄される前から、先生は牢屋に入ることについて「べつにどうってことはない。牢屋なら入ったことはある」と語る。そして「パンと水を持たされて小さな石造りの牢屋に入れられるのだが、パンはおいしいし、「ベッドも悪くない」と言って、ぐっすり休むのである。出獄する際に先生は「あなたのところの牢屋は、とてもすばらしいです」と警視に語り、「本を書くのに、ちょうどいい場所だ。じゃまが入らないし、風通しもよろしい。しかし、ざんねんながら、用事があるので、すぐに出て行かなければなりません」とまで言っている。「本を執筆するなら牢屋に入ろう」という伏線はこのときから引かれていたわけである。なお、この巻では、ライオンが町に出て、「野生動物を放し飼いにし、人々を危険にさらしたという罪」で先生は再度投獄されており、ますます牢屋に慣れている。

第五巻『動物園』では、牢屋の話を語る牢屋ネズミに対して、先生は「私も牢屋に入ったことがあるし、牢屋の生活はとても静かでくつろげる」と述べている。この巻では、シドニー・スロッグモートンの屋敷を火事から救ったことで投獄されそうになるといういきさつもある。同様に第六巻『キャラバン』では、先生は牢屋に入れられる危険をおかして、かごの鳥たちを逃がしてやっている。

こうして、第七巻で月へ行ってしまうまで、先生が牢屋と無縁になることはないのである。そして、月に行った先生は月の男に捕らえられて帰ってこられなくなってしまうわけだから、いわば月が先生の牢屋になったとさえ言えるかもしれない。

こうして見ていくと、研究や執筆を進めるためには、牢屋にとじこもって集中すべきだと先生が考えるのも自然だと言えよう。私自身、ケンブリッジ大学で博士論文を執筆していたとき、自分の部屋にこもりきりになっていて、大学図書館とスーパー以外に外との連絡が一切なかった時期があって、そのとき「牢獄《ろうごく》生活と大差ない」と感じたことがあるので、ドリトル先生の心情はとてもよくわかる。ロフティング自身は学者でもないのに、学者の精神性が随分よくわかっているものだと感心してしまう。

寝食を忘れて研究に没頭するドリトル先生のようすは何度も描かれてきたが、これまでは、たいてい、その研究の末、早朝などに先生が興奮して新たな発見をしたことをトミー・スタビンズに語るといった展開になることが多かった。しかし、本書では、先生は「永遠の命」というあまりにも大きな課題にむかって、ひとりきりで研究をつづける姿が示されて終わりとなる。生命の根幹の問題に果敢に立ち向かう先生はりっぱであると同時に孤独にも見える。

さて、この長寿の追究というテーマは続巻の『ドリトル先生と秘密の湖』でも展開される。長寿の動物と言えばカメである。チープサイドの二百歳をはるかに超えて、なんとノアといっしょに方舟に乗ったカメという設定になっている。ノアの方舟の話は、ナルニア国物語『魔術師の甥』でも語られるが、どちらも生命の原点に立ち返ろうとする試みと言えよう。

最後に、本書にまつわる謎をひとつ。第八巻『ドリトル先生の月旅行』で登場した巨大な蛾ジャマロ・バンブルリリー（オス）は、本作ではジャマラ・バンブルリリーとメスの名前に変わってしまっている。なぜだろう？　答えは……わからない。

二〇二一年十二月

河合祥一郎

本書は、二〇一三年十二月に小社より刊行された角川つばさ文庫（児童向け）を一般向けに加筆修正したうえ、新たに文庫化したものです。

本文挿絵／ももろ
本文デザイン／坂詰佳苗

新訳《しんやく》

ドリトル先生《せんせい》月《つき》から帰《かえ》る

ヒュー・ロフティング　河合祥一郎《かわいしょういちろう》＝訳

令和３年 12月25日　初版発行
令和６年 10月５日　再版発行

発行者●山下直久

発行●株式会社KADOKAWA
〒102-8177　東京都千代田区富士見2-13-3
電話　0570-002-301（ナビダイヤル）

角川文庫 22968

印刷所●株式会社KADOKAWA
製本所●株式会社KADOKAWA

表紙画●和田三造

●お問い合わせ
https://www.kadokawa.co.jp/（「お問い合わせ」へお進みください）
※内容によっては、お答えできない場合があります。
※サポートは日本国内のみとさせていただきます。
※Japanese text only

ISBN 978-4-04-111106-2　C0197

角川文庫発刊に際して

角川源義

第二次世界大戦の敗北は、軍事力の敗北であった以上に、私たちの若い文化力の敗退であった。私たちの文化が戦争に対して如何に無力であり、単なるあだ花に過ぎなかったかを、私たちは身を以て体験し痛感した。西洋近代文化の摂取にとって、明治以後八十年の歳月は決して短かすぎたとは言えない。にもかかわらず、近代文化の伝統を確立し、自由な批判と柔軟な良識に富む文化層として自らを形成することに私たちは失敗して来た。そしてこれは、各層への文化の普及滲透を任務とする出版人の責任でもあった。

一九四五年以来、私たちは再び振出しに戻り、第一歩から踏み出すことを余儀なくされた。これは大きな不幸ではあるが、反面、これまでの混沌・未熟・歪曲の中にあった我が国の文化に秩序と確たる基礎を齎らすためには絶好の機会でもある。角川書店は、このような祖国の文化的危機にあたり、微力をも顧みず再建の礎石たるべき抱負と決意とをもって出発したが、ここに創立以来の念願を果すべく角川文庫を発刊する。これまで刊行されたあらゆる全集叢書文庫類の長所と短所とを検討し、古今東西の不朽の典籍を、良心的編集のもとに、廉価に、そして書架にふさわしい美本として、多くのひとびとに提供しようとする。しかし私たちは徒らに百科全書的な知識のジレッタントを作ることを目的とせず、あくまで祖国の文化に秩序と再建への道を示し、この文庫を角川書店の栄ある事業として、今後永久に継続発展せしめ、学芸と教養との殿堂として大成せんことを期したい。多くの読書子の愛情ある忠言と支持とによって、この希望と抱負とを完遂せしめられんことを願う。

一九四九年五月三日

角川文庫海外作品

新訳 ナルニア国物語1
ライオンと魔女と洋服だんす
C・S・ルイス
河合祥一郎＝訳

田舎の古い屋敷に預けられた4人兄妹は、空き部屋で大きな洋服だんすをみつける。扉を開けると、そこは残酷な魔女が支配する国ナルニアだった。子どもたちはナルニアの王になれと言われるが……名作を新訳で。

新訳 ナルニア国物語2
カスピアン王子
C・S・ルイス
河合祥一郎＝訳

夏休みが終わり、4人兄妹が駅で学校行きの列車を待っていると、一瞬で別世界に飛ばされてしまう。そこは魔法が失われた1千年後のナルニアだった。4人はカスピアン王子と、ナルニアに魔法を取り戻そうとするが……。

新訳 ナルニア国物語3
夜明けのむこう号の航海
C・S・ルイス
河合祥一郎＝訳

ルーシーとエドマンドはいとこのユースタスとともにナルニアへ！ カスピアン王やネズミの騎士と再会し、7人の貴族を捜す旅に同行する。人が竜に変身する島など不思議な冒険を経て、この世の果てに辿りつき……。

新訳 ナルニア国物語4
銀の椅子
C・S・ルイス
河合祥一郎＝訳

ユースタスと同級生のジルは、アスランに呼び寄せられナルニアへ。行方不明の王子を捜しだすよう命じられる。与えられた手掛かりは4つのしるし。根暗すぎる沼むっつりも加わり、史上最高に危険な冒険が始まる。

不思議の国のアリス
ルイス・キャロル
河合祥一郎＝訳

ある昼下がり、アリスが土手で遊んでいると、チョッキを着た兎が時計を取り出しながら、生け垣の下の穴にぴょんと飛び込んで……個性豊かな登場人物たちとユーモア溢れる会話で展開される、児童文学の傑作。

角川文庫海外作品

鏡の国のアリス
ルイス・キャロル
河合祥一郎＝訳

ある日、アリスが部屋の鏡を通り抜けると、そこはおしゃべりする花々やたまごのハンプティ・ダンプティたちが集う不思議な国。そこでアリスは女王を目指すのだが……永遠の名作童話決定版！

新訳 ハムレット
シェイクスピア
河合祥一郎＝訳

デンマークの王子ハムレットは、突然父王を亡くした上、その悲しみの消えぬ間に、母・ガードルードが、新王となった叔父・クローディアスと再婚し、苦悩するが……画期的新訳。

新訳 ロミオとジュリエット
シェイクスピア
河合祥一郎＝訳

モンタギュー家の一人息子ロミオはある夜仇敵キャピュレット家の仮面舞踏会に忍び込み、一人の娘と劇的な恋に落ちるのだが……世界恋愛悲劇のスタンダードを原文のリズムにこだわり蘇らせた、新訳版。

新訳 ヴェニスの商人
シェイクスピア
河合祥一郎＝訳

アントーニオは友人のためにユダヤ商人シャイロックに借金を申し込む。「期限までに返せなかったらアントーニオの肉1ポンド」を要求するというのだが……人間の内面に肉薄する、シェイクスピアの最高傑作。

新訳 リチャード三世
シェイクスピア
河合祥一郎＝訳

醜悪な容姿と不自由な身体をもつリチャード。兄王の病死をきっかけに王位を奪い、すべての人間を嘲笑し返そうと屈折した野心を燃やす男の壮絶な人生を描く、シェイクスピア初期の傑作。